Die Schönheit rettet die Welt.

(Dostojewski)

Hans Herz

Seiten der Liebe

Erotische Lebensbeichte

Bibliografische Information der Deutschen Nationalbibliothek:
Die Deutsche Nationalbibliothek verzeichnet diese Publikation in der Deutschen Nationalbibliografie; detaillierte bibliografische Daten sind im Internet über http://dnb.dnb.de abrufbar.

Herstellung und Verlag:
BoD – Books on Demand, Norderstedt

ISBN: 9783755796121

Inhalt

Prolog	7
Millenniumsakt	9
Verborgene Schätze	16
Heiße Verlockung	19
Busen der Natur	23
Sommermärchen	28
Liebe und Verlust	30
Engel in Jeans	33
Mehr davon!	34
Das süße Kleid	40
Feines Muskelspiel	45
Amor de Siesta	48
Blowing	50
Der sechste Sinn	52
Moral und Liebe	56
Sommer in Berlin	60
Lockere Muse	63
Lorena rettet die Welt	68
Geist ist geil	73
Wilder Kopf	76
Ode an den Po	78
Le petite mort	81
Carlas Segen	84
Bargeflüster	87
Stilles Wasser	90
Tapfere Frauen	94
Kulinarisches	95
Epilog	98

Prolog

Dieses Buch ist eine Verbeugung vor den Frauen. Ich verneige mich vor ihrer Schönheit, vor ihrem Charme und ihrer Liebeskunst. Jede Vertreterin des schönen Geschlechts, der ich näherkommen durfte, war ein Geschenk. Frauen sind Gemälde, Männer bestaunen sie, denn sie sind rätselhaft. Die meisten haben ihre Geheimnisse. Daher sind sie für sehr viele Männer unbegreifliche Wesen. Einige, die ich traf, waren keine Engel. Wenn ich wissen möchte, was eine Frau meint, sehe ich sie an. In ihrem Gesicht lese ich wie in einem Buch.

Für manche Philosophen stellen die Frauen den Triumph der Materie über den Geist dar, so wie Männer den Triumph des Geistes über die Moral darstellen. Durch einige Frauen lernte ich auch die Liebe jenseits der gängigen Moral kennen. Bis heute interessiert mich daher genauso die dunkle Seite der Leidenschaft. Liebende Frauen können ein Lichtstrahl sein, der uns die Schwere des Lebens erleichtert. Es stimmt, dass eine Frau einen Mann auch ohne einen einzigen Cent reich machen kann. Etwas schwerer ist es umgekehrt.

Wir lieben die Frauen besonders wegen ihrer Anmut und Sinnlichkeit. Sie lieben uns Männer selbst dann, wenn wir nicht perfekt sind. Daher verzeihen Frauen uns auch mal einen Fehler. Gern schenken sie sich uns, wenn wir ihr Herz erreichen. Begehrt ein Mann eine Frau, dann sollte er es ihr sagen. Aber immer ist es natürlich wichtig, die Wünsche seiner Angebeteten zu respektieren. Auch ich musste es lernen, manche Männer schaffen es nie.

In meiner Lebensbeichte sind Liebeserlebnisse der verschiedensten Art zu finden. Ich schildere sie ungeniert. Der Weg zur Mannwerdung war eine Entdeckungsreise für mich und ein großes Abenteuer. Weil die Frauen von einem anderen Planeten zu sein scheinen, ist es äußerst reizvoll gewesen, sie zu erforschen. Anfangs geschah das etwas unbeholfen, aber im Laufe der Zeit mit größerer Sicherheit und mehr Genuss. Hilfreich für den Lustgewinn war nicht selten Humor. Es gab komische, aber auch traurige Momente.

Die Sexualität ist ein geheimnisvolles und sehr starkes Band. Wenn zwei Menschen miteinander verschmelzen, erweitern sie ihr eigenes Ich, sie werden eins. In keiner anderen Sphäre unseres Lebens ist dies möglich. Ich erzähle in dem Buch auch einige Geschichten von Freunden oder von Bekannten. Manche Affären sind Fiktion, doch sie passieren an jedem Tag unzählige Male in ganz ähnlicher Form. Ich wünsche Ihnen nun viel Freude beim Lesen und hoffe, dass Sie aus ihren eigenen Liebeserlebnissen viel Kraft schöpfen. Vielleicht finden Sie sich hier in der einen oder anderen Geschichte sogar wieder.

Millenniumsakt

An einem Dezembertag verliebte ich mich. Es passierte unerwartet und ging ganz schnell. Ich sah Anna zum ersten Mal in ihrem Treppenhaus. Sie hatte eine grazile Figur, dunkle Haare und ein schmales Gesicht mit sehr hellen Augen. Obwohl es früher Nachmittag war, dämmerte es bereits. Deshalb fiel mein erster Blick auf sie wohl etwas zu intensiv aus, was die Frau leicht verwunderte. Sie kam mir aber unbefangen entgegen, denn wir waren verabredet. Weil es regnete, holte ich sie mit dem Auto ab. Wir fuhren zu einem Café und bekamen einen kleinen freien Tisch am Fenster. Mir fiel Annas anmutiger Gang auf, auch andere Augen schauten ihr hinterher. Es war so, als sei sie gerade vom Himmel gefallen, mit schönem Lächeln und eleganten Bewegungen. Von diesem Moment an wusste ich, dass ich sie begehrte.

Bevor wir uns persönlich begegneten, hatten wir nur einige Male telefoniert. Unsere Unterhaltung bei einem Cappuccino war jetzt offener und auch vertraulicher. Jeder fühlte sich im Beisein des anderen wohl. Im Regen brachte ich sie wieder nach Hause, musste aber auf der anderen Seite der Straße halten. Es war noch nicht spät, und ich fragte: „Was machen wir jetzt?" Anna zögerte mit der Antwort, weil sie sich genierte, mir gleich am ersten Tag ihre nicht so attraktive Wohnung zu zeigen. Sie lebte in einem verlotterten Altbau.

Schon wollte sie sich verabschieden und öffnete die Wagentür. Der starke Regen hielt Anna aber davon ab, sofort auszusteigen. Fragend sahen wir uns an, bis sie auf einmal vorschlug, zu mir zu fahren. Ich lebte nur ein paar Straßen weiter, meine Wohnung war warm und gemütlich. Anna schien sich dort wohlzufühlen. Ich schenkte uns Wein ein und hörte zu, was sie mir von ihrem Leben erzählte, in dem es nie längere Bindungen gab. Auch ich hatte wie sie ähnliche Erfahrungen gemacht. Jeder von uns wohnte allein. Würde an diesem Tag unser Dasein als Single enden? Wir waren in einer frohen Stimmung und dankten dem glücklichen Zufall, der uns nun zusammengeführt hatte.

Langsam tranken wir den Rotwein. Er hatte ein ganz eigenes Aroma, schmeckte fruchtig, erdig und war etwas schwer. Anna lächelte mir zu. Nur ganz kurz, nicht herausfordernd. Sie hielt den Blick meist schön gesenkt. Es wirkte artig und wohlerzogen, beinahe schüchtern. Ein stilles Wasser, könnte man meinen. Ich suchte ihre Nähe und rückte meinen Sessel an sie heran. In den Augen der Frau erkannte ich eine kleine Traurigkeit. Noch konnte ich mir nicht erklären, woher sie rührte. Das war in dem Moment auch nicht nötig. Nach zwei Gläsern bekam Anna rote Flecke im Gesicht. Ich stand auf, um mich etwas zu bewegen. Es schien mir auch angebracht, das Thema zu wechseln. Ich zeigte ihr einige meiner

Wandbilder, darunter etliche Originale. Vor dem Ölgemälde einer Frau, in dem die Farbe Rot dominierte, blieben wir stehen. „Es gefällt mir", sagte Anna leise.

Ich stand dicht hinter ihr und schaute auf ihren schmalen Nacken. Als mein Atem über ihren Hals strich, richteten sich die feinen Härchen auf. Ich umfasste Annas Hüften und strich zart darüber, während wir das Bild weiter betrachteten. Ganz leicht berührte ich jetzt von unten ihre Brust und spürte, wie ihr Herz klopfte. Langsam drehte sie sich zu mir herum. Unsere Augen trafen sich. Ein einziger Blick genügte, die Sinne noch mehr zu reizen. In uns stieg eine heiße Welle auf, und wir küssten uns. Die anderen Bilder konnten warten. Keiner hielt jetzt seine Lust mehr zurück.

Als Anna Pullover und Jeans abgestreift hatte, sah ich erst, wie anziehend und unverbraucht ihr Körper war. Zwei wunderbare Brüste prallten mir entgegen. Sie waren schön gerundet und kamen ohne Stütze aus. Für eine Frau von Mitte 40 hatte Anna eine selten jugendliche Figur. Diese war für die Liebe wie geschaffen. Beide gehörten wir zu den Leichtgewichten. Neugierig erforschten wir uns und hörten nicht mehr auf damit. Ich hatte ein paar Monate abstinent gelebt und war sehr hungrig. Anna ging großartig damit um. Sie liebte ohne Scham. Mit Freude erlebte ich, wie sie ihren feinen Rhythmus in meinem

Bett durchsetzte. Viele Stunden vergingen, ehe ich sie heimbrachte. Dieses erste Mal mit ihr werde ich nie vergessen.

Anna schenkte mir in dieser Nacht sehr viel. Erobern konnte ich sie noch nicht. Sie hatte nicht gezögert, mit mir zu schlafen, doch wollte sich nicht gänzlich unterwerfen. Warum, verstand ich nicht sogleich. Es gab einen Teil in ihr, der sich wehrte, ohne dass ich es merkte. War da noch ein anderer Mann? Oder fand sie vielleicht den Altersunterschied zwischen uns zu groß? Erfahrung und Gelassenheit auf der einen Seite, mehr Jugendlichkeit und auch Widerspruch auf der anderen. Es begann ein reizvolles Spiel. Wie lange würde es dauern?

Wir sahen uns einige Male um Weihnachten und genossen lustvolle Stunden. Silvester rückte näher, diesmal ein ganz besonderes Datum. Es war eine Jahrhundertnacht. Ungeduldig lud ich Anna ein. Das historische neue Jahr mit einer neuen Frau zu beginnen, fand ich angemessen. Ich wollte nur mit ihr allein feiern und ihr an diesem Abend etwas Wichtiges sagen. Sie kam ganz elegant in weißer Bluse und schwarzer Hose. Wir machten uns einen Obstsalat, dann aßen wir französischen Käse und tranken das erste Glas Rotwein. Es war eine ganz besondere Sorte aus Spanien, die genau Annas Geschmack traf.

Schon bald spürte ich ein heftiges Verlangen und umarmte sie fest. Langsam zog Anna ihre feinen Sachen herunter. Alles an dieser Mädchenfrau war zart, doch beim Liebesspiel entwickelte sie eine ungeahnte Energie. Im geheizten Schlafzimmer küssten wir uns und kippten dabei fast um. Ich legte Anna auf das Bett und brachte sie schnell dazu, ihr Paradies zu öffnen. Die dunkle Spalte roch gut, auch dann noch, als sie anfing, unter meinen sanft streichelnden Händen zu schwitzen. Es erregte mich, wie ihre Säfte zu fließen begannen. Voller Hingabe ging ich daran, mit langsamen, tiefen Stößen die verstecktesten Orte ihrer schmalen Grotte auszuloten. Es war die Ouvertüre zu einer unikalen Nacht.

Nachdem wir uns geliebt hatten, lief Anna nur noch barfuß in ihrem heißen Höschen und einem T-Shirt von mir in der Wohnung herum. Ihre Leichtfüßigkeit entzückte mich. Jetzt schien mir der rechte Moment gekommen, eine Erklärung zu machen. Ich stellte mich auf dem Teppich vor sie hin und sagte: „Wir kennen uns jetzt zwei Wochen. Ich möchte Dir gern ein Jahr meines Lebens schenken." Der Satz hatte Gewicht, kam mir aber ganz leicht über die Lippen. Sie sah zu mir auf und lächelte. Mein Vorschlag gefiel ihr. Es war ein Angebot, das wunderbar zum Datum passte. Danach tranken wir wieder Wein, aßen russischen Kaviar und etwas Obst. Froher Dinge gingen wir noch einmal in das warme Bett und wälzten uns darin wie Kinder, ohne Anfang und ohne Ende. Draußen auf den Straßen Berlins hauchte das Jahrtausend sein altes Leben aus. Die Stadt brodelte von Menschen, die kollektiv durchdrehten. Wir beide hatten etwas anderes zu tun.

Kurz vor 24 Uhr vereinigten wir uns wieder. Geschickt ölte Anna uns an den richtigen Stellen ein und legte sich mit ihrer süßen Leichtigkeit auf mich. Dann begann über die Jahrhundertwende hinweg ein Liebesakt, wie wir ihn vorher noch nicht erlebt hatten. In ruhigem Gleichmaß bewegten sich unsere Glieder. Es geschah mit einer Ausdauer, die wir bislang nicht kannten. Haut an Haut zelebrierten wir unsere eigene Millenniumsnacht. Mein Begehren traf auf Annas Kraft, die ganz tief aus ihrem Inneren kam. Das Verlangen nahm kein Ende und trieb uns zu immer neuen Wonnen. Wir waren willenlos und in einem rauschhaften Zustand.

Das Liebesspiel dauerte ungewöhnlich lange. Der Uhrzeiger hatte schon die erste Stunde des neuen Jahres umrundet, da flüsterte ich ihr noch immer zärtliche Worte ins Ohr. Es schien ihr gut zu tun, was ich sagte. Sie lag wieder auf mir und ritt mich, wie nur sie es konnte. Mit zarter Hand streichelte Anna mein Gesicht, murmelte etwas und suchte meinen Mund. Eine kleine Schweißperle rann von ihrem Hals herunter und bahnte sich den Weg durch ihren herrlichen Busen. Ehe die Perle aber den Bauchnabel erreichte, tropfte sie auf mich herab. Ich genoss es sehr, wie offen Anna sich mir schenkte. Sie liebte göttlich. Venus hätte es nicht besser gekonnt.

Noch hatte ich nicht genug und drehte meine Bettgefährtin sanft auf die Seite. Von hinten sah ich ihren feinen Hüftschwung, umfasste ihre schönen Schultern, spannte meine Muskeln und drang immer weiter in sie hinein. Rhythmisch bewegte ich mich so lange und heftig, bis Anna meine heiße Lava verspürte und ihren letzten Widerstand aufgab. Es war, als hätte ich meiner Geliebten in dieser unvergesslichen Nacht die Seele aus dem Leib gestoßen. Während Anna nur leicht aufstöhnte, als ihr Höhepunkt kam, war mein Lustschrei aus dem geöffneten Fenster zu hören. In der Dunkelheit, nur wenige Kilometer weiter, begrüßten über eine Million Menschen das neue Jahrtausend. Wir beide in unserem Liebesnest sanken ermattet in die Kissen. In dieser Nacht waren wir füreinander bestimmt und erlebten etwas Einmaliges. Es war das pure Glück und in dem Augenblick keine Täuschung. Unser Liebesakt über die Zeitenwende hinweg geht mir bis zum heutigen Tag nicht aus dem Kopf. Es war die vollkommenste Nacht unseres Lebens, aber keine für die Ewigkeit. Mars und Venus haben sich seit vielen Jahren nicht mehr gesehen.

Verborgene Schätze

Als reifer Mann denkt man immer öfter an die Jugend und die ersten intimen Erlebnisse mit den Mädchen. Mein Blick zurück verjährt nicht. Bei der Erinnerung kommt es aber vor, dass ich schmunzeln muss. Ich wohnte in einem Provinzstädtchen drei Autostunden von Berlin entfernt, und was die körperliche Liebe betraf, so besaß ich nur Grundwissen. Nachdem ich Gefallen am anderen Geschlecht gefunden hatte, beschloss ich, Höhlenforscher zu werden. Also ging ich daran, die geheimnisvollen Grotten der Frauen zu erkunden. Meine erste Freundin hieß Sabine und arbeitete als Verkäuferin in einer Bäckerei. Ich mochte sie und ihren Geruch nach frischem Brot. In einer bezaubernden Frühlingsnacht mit ihr erlebte ich, wie toll es sein kann, wenn man in eine Frau eindringt. Sigmund Freud spricht von dem Begehren nach dem Mutterleib. Sind wir Männer tatsächlich so gestrickt, dass wir nur dies und nichts anderes wollen? Es scheint so. Wie ist unser Verlangen sonst zu erklären.

Wie dem auch sei, ich erforschte nun gründlich Sabines wunderschönen Körper mit der weichen Haut, den tollen Rundungen und den Öffnungen. Der Körper einer Frau ist wie eine Geige. Man muss aber auch gut darauf spielen können, um ihn zum Klingen zu bringen. Im Grunde übe ich mich bis zum heutigen Tag in der Liebeskunst.

Mit Sabine gab es zu Beginn nur Reitstunden, bei denen ich oben lag. Später veränderten wir die Stellung, und ich erfuhr, wie schön es auch ist, von einer Frau bestiegen zu werden. Sabine war ein liebestolles Naturtalent. Sie bewegte sich großartig auf mir, mal langsam und anmutig, mal heftig in schnellem Tempo. „Finde den Schatz in meiner Höhle!", keuchte meine Freundin dann. Ich stieß gern hinein und brachte Sabines Vulva immer öfter zum Klingen. Beim Liebesakt zeigte sie große Ausdauer und gab nicht eher Ruhe, bis ich ganz leer war. Danach kochte sie Kaffee. Wie Sabine war auch ich sehr jung, und ich brauchte immer zwei Tage, um mich von ihren scharfen Ritten zu erholen. Ich war ja kein Muskelmann, aber wurde durch sie zum wilden Hengst.

Nach einer gewissen Zeit begann sie damit, mein Glied noch in eine andere Öffnung zu stecken. Der weiche Mund meiner Herzensdame erwies sich ebenfalls als wunderbarer Ort der Lust für meinen Schwengel. Erst küsste sie meine Eier, saugte daran, um dann mit der Zunge am Schaft heraufzufahren. Schließlich nahm sie die Eichel und die Hälfte des Schwanzes in den warmen Mund. Für mich war es Lust und Qual zugleich, denn ich wollte dieses neue, ganz tolle Gefühl möglichst lange auskosten und nicht zu früh losspritzen. Wenn es dann aber so weit war, ließ ich dem Strahl freien Lauf, und das Sperma ergoss sich in Sabines Mundhöhle. „Ist ja reines

Eiweiß. Meine Haut wird noch schöner dadurch", so meine lustvolle Geliebte. Diese Weisheit hatte Sabine von einer älteren Freundin erfahren, und ihr Glaube daran war schlicht, aber fest.

Viele Männer denken, beim Geschlechtsakt die Kontrolle zu besitzen, dabei ist es die Frau, die uns beherrscht. Sie signalisiert nur: Komm rein in mein Verließ!, und schon hat sie die Kontrolle über dich. Du tauchst tief hinein und weißt: Noch nie war ich einem anderen Menschen so nah. Es ist die absolute Intimität, wenn du dich nicht nur im Körper einer Frau befindest, sondern sie dich auch ganz fest umschließt. Mehr geht wohl nicht. Warum das so ist, begreift man erst später. Aber muss man es überhaupt? Ich denke jetzt einfach an Albert Einsteins kluge Worte: „Man muss die Welt nicht verstehen, man muss sich nur darin zurechtfinden." Ich bemühe mich darum.

Übrigens bin ich damals in Sabines zarte Öffnung zwischen ihren Pobacken nicht eingedrungen. Es gibt Männer und auch Frauen, die sagen, dass einem diese Spielart beim Sex die größte Lust verschafft. Ich meine aber, man kann im Leben nicht alle verborgenen Schätze heben. Mit denen, die ich bei meinem ersten Schwarm Sabine fand, war ich vollauf zufrieden und glücklich.

Heiße Verlockung

Was macht ein Mädchen, wenn es 17 Jahre ist? Es interessiert sich zunehmend für die Liebe und sammelt erste wichtige Erfahrungen auf diesem aufregenden Gebiet. Stefanie las seit einiger Zeit erotische Geschichten und begann, ihre Erkenntnisse aus der fesselnden Lektüre nach und nach in der Praxis zu erproben. Bis zum letzten Schritt ging das anmutige Mädchen aus guten Verhältnissen dabei aber noch nicht. Vor Stefanies Haus standen die Jungen aus ihrer Klasse Schlange, doch ihr Vater wachte mit Argusaugen darüber, dass keiner von ihnen seiner schönen Tochter zu nahekam. Dennoch gelang es Steffi, wie sie von ihren Freunden genannt wurde, immer öfter, sich der Beobachtung durch ihren Erzeuger zu entziehen. Sie lief fast täglich in den angrenzenden Park und küsste dort einen Jungen, der ihr gefiel, wenn sich die Gelegenheit bot. Zu mehr kam es dabei aber nicht, da der Knabe auch sehr schüchtern war. Dennoch wurde Steffis Lust mit jedem Tag größer.

In der Nachbarschaft wohnte ein Mann mittleren Alters, der ein Haus in Italien hatte. Er lebte von seiner Ehefrau getrennt und ließ nur ganz selten etwas anbrennen. Auch er hatte längst ein Auge auf Steffi geworfen, die sehr schön gewachsen war. Auf ihrem Gesicht mit hellbraunen Augen spielte meistens ein Lächeln. Ihre Bewegungen waren geschmeidig und wirkten lasziv, ohne dass sie es wollte. An einem Nachmittag setzte sich der Nachbar zu Steffi auf die Gartenbank, die vor ihrem Haus stand. „Du bist ja bald 18 und kannst dann mehr oder weniger machen, was du willst, ohne deine Eltern erst um Erlaubnis zu fragen", sagte er. Was würdest du dann am liebsten tun?" Steffi überlegte: „Hm, ich würde nach dem Abitur gern in den Süden fahren und an einem schönen Ort Ferien und Party machen."

„Ich kenne einen solchen Platz", sagte der Mann. „Wie du weißt, habe ich ein Haus am Mittelmeer, in dem sich großartig leben und lieben lässt." Steffi schaute erstaunt auf und sagte leise: „Davon träume ich schon lange, aber mit den Jungs aus meiner Klasse kann ich mir das nicht so recht vorstellen. Die meisten von ihnen sind noch ziemlich grün hinter den Ohren." Der Nachbar nickte verständnisvoll und sagte: „Ich verstehe dich und mache dir einen Vorschlag. Weil du gern Liebesromane liest, schreibe ich mal eine kleine Geschichte nur für dich. Sie ist zugegeben nicht ganz jugendfrei, aber wird dich in deiner Entwicklung weiterbringen. Es gibt nur eine Bedingung: Du darfst den Umschlag mit dem etwas freizügigen Text erst zu deinem 18. Geburtstag öffnen. „Ist versprochen", erwiderte Steffi ein wenig verlegen. An ihrem Geburtstag steckte tatsächlich ein Brief des in Liebesdingen erfahrenen Mannes im Kasten. Steffi lief in ihr

Zimmer und riss das Kuvert voller Aufregung auf. Was sie dann las, nahm ihr die Luft, und sie bekam starkes Herzklopfen.

„Liebe Steffi, stell dir vor, wir fahren nach Italien und machen Liebesurlaub. Dort lassen wir allen Stress hinter uns und sind nur füreinander da. Wir stehen oben auf meiner Dachterrasse und sehen aufs Mittelmeer. Es ist eine warme Nacht, der Himmel voller Sterne. Du trägst ein leichtes, fast durchsichtiges Kleid und nichts darunter. Ich streife den dünnen Stoff hoch und spüre, dass du jetzt voller Erwartung bist. Zwischen deinen Beinen ist es schon ganz nass. Von hinten dringe ich ohne Mühe in dich ein und nehme Dich so, wie du dort stehst. Du siehst aufs rauschende Meer, ohne dich zu wehren. Es erfüllt mich mit Freude, dich im hellen Mondlicht nach allen Regeln der Kunst zu stoßen. Die Kulisse um uns herum ist einmalig schön.

Wir beide sind nun ganz nackt, und du flüsterst immer wieder nur diese beiden Worte: „Lieb mich!" Ich tue es gern und mit aller Leidenschaft, zu der ich fähig bin. Rhythmisch bewege ich mich in dich hinein. Meine Hände umfassen dabei deine festen Brüste, die ich so liebe. Ihre Spitzen stehen vor Lust aufrecht. Meine Stöße werden schneller und kräftiger. Warme und kalte Ströme schießen durch unsere Körper. Ich umarme dich ganz fest. Du stemmst dich mir entgegen und nimmst mich dennoch auf. Wieder und wieder treiben wir es so. Ganz tief bin ich in dir drin, im Körper und im Herzen. Mit den Fingern krallst du dich in die Mauer der Terrasse. Wir werden immer erregter, unsere Glieder zucken nur noch. Ein letzter harter Stoß, und es ist so weit: Wir kommen beide gemeinsam. Während du nur leicht aufstöhnst, schreie ich meine Lust laut in den Nachthimmel hinein. Es ist sooo schön. Wir fühlen uns frei wie zwei edle Tiere, die sich endlich gefunden haben. Nach dieser intensiven Umarmung wissen wir beide, dass wir nicht mehr voneinander lassen können."

Der eindeutige Inhalt des Briefs warf Stefanie beinahe um. Sie hatte Mühe, ihre anschließende Geburtstagsfeier durchzustehen, ohne dass die Gäste etwas merkten. Immer musste sie an das unmoralische Angebot des Nachbarn denken. Er hatte schon jetzt in sie ejakuliert, zumindest in ihr Gehirn. Der Mann wollte sie also im Süden zur Frau machen. So wild war sein Verlangen. Wow! Steffanie schaffte es nur mit großer Mühe, dass niemand ihre große Erregung bemerkte und behielt das süße Geheimnis für sich. Ob sie am Ende die ungenierte Einladung des dreisten Verführers zum Liebesurlaub angenommen hat, überlasse ich der Phantasie meiner Leserinnen und Leser.

Busen der Natur

Sie lag am Berghang im Gras, den Kopf auf einem Erdhügel und streckte den Oberkörper aus. Die halbnackte Frau inmitten einer Blumenwiese bot einen wundervollen Anblick. Sie hatte einen Busen, der aus dem Rahmen fiel. Wie konnten ihre Riesenmöpse in den kleinen Büstenhalter passen, der gleich neben ihr auf der Wiese lag. Ich kam näher und schaute mir ihre gebräunte Haut an sowie die helleren Stellen auf ihren enormen Rundungen. Viele Frauen haben derart schöne Brüste, dass ich schwach werde, wenn ich nur daran denke. Sehe ich sie in natura, ist es völlig um mich geschehen. Es geht dabei nicht allein um ihre Körbchengröße, sondern um ihre wundervolle Form. Prall und rund, laden die Glocken dazu ein, geläutet zu werden. Das heißt, sie wollen berührt, gestreichelt und vielleicht auch geknetet werden. Dazu ein inniger Kuss, der Frau und Mann in große Erregung versetzt. Mein Gott... Ich machte einen Bogen um die ruhende Frau und lief weiter.

Mit diesem Bild vor Augen erinnerte ich mich an einen Urlaub in meiner Jugend. Es war vor sehr vielen Jahren am Schwarzen Meer. Bildschöne Mädchen liefen am Strand entlang, und mein bulgarischer Freund sagte: „Siehst du diese vollbusige Brünette dort? Mit ihr werde ich mich heute vereinigen. Wir haben uns vorhin lange geküsst. Ich sehe das als Einladung in die untere Etage an." Donnerwetter, dachte ich und schaute mir die Braut von ihm genauer an. Sie war in der Tat eine Granate, die man gar nicht übersehen konnte. Schlank und beinahe zierlich, aber mit einem gewaltigen Busen. Er stand so prächtig, dass er beinahe das knappe Oberteil ihres Bikinis sprengte. Sie hatte einen mädchenhaften Gang, und beim Gehen hüpften die Möpse auf und ab. Der Anblick erschütterte mich. Meine Erregung war derartig groß, dass ich allein vom Hinsehen einen Ständer bekam. Jung wie ich war, wusste ich in dem Moment nicht, wie ich mit meiner Lust umgehen sollte.

Hinter dem Strand wuchs meterhohes Schilf. Ich lief hinein, zog schnell die Badehose herunter und begann zu wichsen. Dabei schaute ich aber immer in Richtung Meer, um nicht bemerkt zu werden. Wie ich so bei der Sache war, hörte ich plötzlich seitlich von mir Schritte. Die Freundin des Busenwunders, auch ein sehr ansehnliches Geschöpf, war ins Schilf gelaufen, um Pipi zu machen. Sie hatte mich aber längst entdeckt und kam, nachdem sie ihr Geschäft verrichtet hatte, auf mich zu. „Gib her!", sagte sie erregt, bevor ich meinen Prügel verstecken konnte. Ehe ich noch etwas sagen konnte, nahm sie den Schwengel am Schaft und rieb ihn gekonnt für mich weiter. Es dauerte gar nicht lange, bis mir einer abging. Der warme Samenstrahl floss über ihren rechten

Arm in den weißen Sand. Das Mädchen kniete nieder und leckte mir noch die Eichel blank. Ihre Zunge war so lang wie bei einem Chamäleon. So erhaschte sie wirklich jeden Tropfen. „Heute am Abend kannst du dich revanchieren und mich am Strand durchvögeln", sagte sie und lächelte. „Im Mondschein ist das etwas ganz Besonders." Ich wusste vor Überraschung nicht, was ich sagen sollte. Es verschlug mir einfach die Sprache.

Abends gab es eine Party am Strand. Die Band spielte rockige Tanzmusik, und leicht bekleidete Mädchen in Miniröckchen wirbelten mit jungen Männern herum. Auch meine Gespielin vom Nachmittag war dabei. Als sie mich erblickte, löste sie sich von ihrem Tanzpartner und kam näher. „Komm mit, ich weiß einen schönen Platz für uns." Etwa hundert Meter weiter stand eine leere Strandhütte. In ihr gab es nur einen Tisch, zwei Stühle und eine Liege. Vera, so hieß das lustvolle Mädchen, zog mich hinein und schaute mich sehr verheißungsvoll an. Ich hatte bis dahin nicht so viele Liebeserfahrungen mit Frauen und überlegte, wie ich denn jetzt vorgehen sollte. Sie spürte meine Zurückhaltung und half mir darum. Langsam glitten ihre weichen Hände unter mein T-Shirt und schoben es hoch. Schon das war so erregend, dass ich glaubte, es könne doch nur ein Traum sein. Ich schwitzte vor Aufregung. Die Luft vibrierte draußen, und ich drinnen.

Weil Vera mir in Liebesdingen weit voraus war, überließ ich ihr die Regie. Mein Oberkörper war inzwischen nackt, und sie gab mir ein Zeichen, auch sie von ihren Kleidungsstücken zu befreien. Die Knöpfe ihrer Bluse spannten unter meinen zitternden Fingern. Auch Vera hatte darunter, genau wie ihre scharfe Freundin, sehr viel zu bieten. Erst bei meiner nächsten Berührung sprangen die Knöpfe auf. Ich erblickte jetzt zwei herrliche Brustwarzen, die im hellen Mondlicht schimmerten. Vera saß inzwischen auf dem Schlafplatz; ich ging ganz langsam in die Hocke und nahm die Knospen in den Mund. Mit der Zunge fuhr ich um sie herum und merkte, dass sie immer fester und härter wurden. Es schien Vera zu gefallen, dass ich auch an ihnen saugte, denn sie atmete schneller. Langsam streckte sie sich auf der Liege aus, ich streifte meine Shorts ab und legte mich neben sie.

Meine Gefährtin wusste natürlich, was sie jetzt zu tun hatte. Sie nahm sich mein bestes Stück und brachte es um Nu dazu, dass es knochenhart wurde. „Ich möchte rein in dich", stöhnte ich. „Ja, komm und besorg es mir, mein Lieber!", flüsterte Vera unter mir. Ich drang in sie ein und begann, ihre Lustpforte zu bearbeiten. Sie stoppte meine Bewegungen etwas und erklärte, dass sie es langsamer haben möchte. Dabei hob und senkte sie ihr Becken in einem schönen Rhythmus, der uns beiden immer größere Lust verschaffte. Es waren die Bewegungen einer erfahrenen Frau. Mit Freude genoss ich in der alten Holzhütte die Verführungskunst meiner jungen und schönen Lehrerin. Nach ein paar Minuten waren wir so weit, und ich schenkte ihr meinen Liebessaft, der in ihre aufnahmebereite Grotte lief.

„Wo hast du so pimpern gelernt?", fragte ich Vera und strich über ihren großartigen Venushügel. „Nun, ich hatte einen sehr guten Lehrmeister", erwiderte sie. Der Mann war verheiratet und wusste daher ausgezeichnet, wie man eine Frau befriedigt. Als er mich eingeritten hatte, habe ich mir die Liebhaber selbst ausgesucht. Jetzt gebe ich meine Erfahrungen weiter, auch gern an dich." „Oh je, diese Frau fällt wirklich aus dem Rahmen", dachte ich bei mir. Bis heute kann ich Vera nicht vergessen, die mich in einer Sommernacht am Schwarzen Meer auf dem Weg zum Mann einen großen Schritt weiterbrachte.

Sommermärchen

Wenn gegen Abend in der Dämmerstunde alle Bäume und Sträucher zerfließen, sitze ich gern im Garten. Heute erinnerte ich mich dort an den heißen Sommer mit Gisela. Sie war das schönste Mädchen der Stadt, und ich hatte das Glück, sie einige Wochen zu besitzen. Am ersten Abend gingen wir zwei tanzen. Schon auf dem Heimweg schloss mir Gisela den Mund mit Küssen. Zu Hause durfte ich auch in ihr Paradies. Ich konnte mein Glück gar nicht fassen. Die großen Ferien waren lang, und wir fuhren mit unseren Rädern jeden Tag zum See, um zu baden oder zu rudern. Giselas Familie besaß ein kleines Boot, das wir die ganze Zeit benutzen durften. Der Sommer in jenem Jahr war heiß und wild. Er schien kein richtiges Ende zu nehmen. Unsere Haut wurde dunkelbraun, wir tranken und schmusten viel.

Gisela war eine fröhliche junge Frau, die gerade ihre Ausbildung als Erzieherin abgeschlossen hatte. Alles an ihr fand ich schön, nur dass sie rauchte, war ein kleines Manko. Aber ich nahm es in Kauf, in der Hoffnung, dass sie irgendwann damit aufhören würde. Ihr Handballtrainer hatte sie wegen ihres Lasters schon einmal aus der Mannschaft suspendiert, doch es half nicht viel, Gisela rauchte weiter. Ihre Eltern störte es nicht. Die Mutter war eine ausgezeichnete Köchin, die meinen Teller, wenn ich da war, immer reichlich füllte. Schnell wurde ich in die Familie integriert und quasi als Schwiegersohn in spe betrachtet. Sie wuschen auch meine Sachen. Wie angenehm.

Gisi und ich feierten den Sommer und machten so manche Nacht zum Tage. Wir merkten dabei überhaupt nicht, dass die Wochen wie im Fluge vergingen. Ende August war die wonnevolle Zeit vorbei. Gisela musste ihre Koffer packen, weil sie als Pädagogin in einer anderen Stadt eingesetzt wurde. Dort wohnte sie zur Unterniete, und ich besuchte Gisela an jedem zweiten Wochenende. Eines Abends, so erinnere ich mich noch, quirlte meine schöne Freundin mir, völlig nackt, zur Stärkung meiner Manneskraft ein rohes Ei mit Zucker. Es wirkte ganz großartig, danach ging es unter unserer Bettdecke hoch her.

Stets hatte ich bei meinen Besuchen die Grüße und guten Wünsche ihrer Eltern mit im Gepäck. Beide hofften sehr, dass wir vielleicht heiraten würden und ihre Tochter dann zurückkäme. Ihr Wunsch war auch meiner, aber er erfüllte sich nicht. Gisela lernte in dieser Stadt einen anderen Mann kennen und ließ alles hinter sich. Ich war tief betrübt, doch das Leben ging weiter. Lernen musste ich, dass es keine Liebe ohne Trauer gibt. Gern wüsste ich, wo Gisela heute ist und wie es ihr geht. Auch wenn so vielen Jahre vergangen sind, sehe ich noch immer deutlich vor mir ihr schönes Gesicht mit dem bezaubernden Lächeln.

Liebe und Verlust

In jungen Jahren wurde Leo als Dozent an ein Institut geschickt. Er hatte gerade das Diplom erworben und war nur ein paar Jahre älter als seine Studentinnen. Der sehr tolerante Direktor, ein Psychologe, nahm Leo zu Beginn vor einem Seminarraum beiseite und sagte: „Herr Kollege, Sie sind ja recht jung und auch noch ledig, aber haben natürlich Ihre Bedürfnisse. Daher würde ich akzeptieren, wenn *eines* von den Mädchen Ihre Geliebte wird, mehr aber nicht. Ich möchte auf keinen Fall, dass die gesamte Seminargruppe nach dem Unterricht zu Ihrer Wohnung pilgert und dort Schlange steht." Okay, dachte Leo. Er nickte und hielt sich daran. Weil der Lehrkörper überaltert war und keiner der anderen Dozenten Gitarre spielte wie er, war über die Hälfte der Studentinnen aus seiner Seminargruppe in ihn verknallt. Es schien nur eine Frage der Zeit zu sein, dass etwas Aufregendes passieren würde.

Tatsächlich dauerte es nicht lange, bis eines Nachmittags eine seiner Studentinnen an Leos Wohnungstür klopfte. Vor ihm stand Rita, die beim Unterricht immer in der ersten Reihe saß. Sie war mittelgroß, blond, hatte hellgraue Augen und brachte ein Fotoalbum mit. Er kochte Kaffee, und sie zeigte ihm ihr Leben in Bildern. Rita war in einem Waisenhaus aufgewachsen und in ihrer Entwicklung schon etwas weiter als die anderen

Teenager. Sie war nicht mehr so wild wie diese und hatte bereits Erfahrungen mit den Jungs in ihrem Heim hinter sich. Das erfuhr Leo aber erst etwas später von ihr. Rita besaß einen Blick, der Granitblöcke zum Schmelzen bringen konnte. Leos Herz tanzte, die Hormone taten ein Übriges, so dass die beiden nach nur wenigen Tagen ein Liebespaar wurden. Sie konnten nicht anders.

Von dem Moment an, als Rita sein sehr kleines Zimmer betrat, wusste er, was mit ihr los war. Leo wusste genau, was bald passieren würde. Er wusste, dass sie dazu geboren war, sich einem Mann zu schenken. Er wusste, sie wird jetzt mir gehören. Er wusste es einfach, und sie wusste es auch. Ritas Weiblichkeit war ganz erstaunlich, sie spielte von nun an die Hauptrolle. Es gab kein Entrinnen davor. Leo war ziemlich hilflos, aber er war es gern. Er wusste nur eins: Ich will sie immer wieder besitzen. Es wird großartig. Wenn ich so weit bin, schieße ich eine Ladung in sie. Immer wieder wird sie mich dazu bringen. Rita wird sich mir wie eine zarte Blume öffnen und schließen. Ich bleibe drin und warte, bis meine pulsierende Rute im Schoß der Geliebten müde geworden ist und ihr Leben ausgehaucht hat.

Nach dem ersten Mal brachte Leo sie ins Internat zurück. Es war schon dunkel, nur eine Laterne erleuchtete die Straße. Sie küssten sich unter ihr. Es war ihnen egal, ob sie dabei gesehen wurden.

Die Macht ihrer Liebe wischte alle Ängste weg. Niemand merkte indessen etwas, und ein paar Monate lang konnten Leo und Rita die Sache geheim halten. Ihre Treffen fanden ja immer bei ihm statt. Zwei gegen den Rest der Welt. Wenn Rita kam, um mit ihm zu schlafen, strahlte sie. Er musste sie nicht in sein Bett locken, sie wollte hinein. Ritas Becken hatte sinnliche, weibliche Formen, und über ihm begann ein aufregender Hüftschwung. Um der Liaison einen offizielleren Anstrich zu geben, verlobte sich Leo im Sommer mit Rita. Danach brauchten sie sich nicht mehr zu verstecken. Befreit von jedem Zwang fuhren Leo und Rita sehr oft zu dem idyllischen See am Stadtrand und liebten sich überall, auch unter Wasser. Das war unaussprechlich schön.

Sehr viel Zeit, ihre Lust länger auszuleben, blieb ihnen jedoch nicht mehr. Im Herbst musste Leo zum Wehrdienst, was nicht zu verhindern war. Er hatte als Ritas Lehrer viel riskiert, weil er sie so liebte. Und nach seiner Armeezeit wollten sie heiraten. Viele Monate lang schrieben sie sich täglich Briefe. Bis im folgenden Sommer, kurz vor dem Hochzeitstermin, Ritas Nachricht kam, dass sie ihn nicht heiraten würde. Ein Schock für Leo. Sie hatte es nicht ganz geschafft, auf ihn zu warten. Rita schwamm ihm davon und teilte ihre Lust fortan mit einem anderen. Weil er in der Kaserne festsaß, konnte er das nicht verhindern. Dieser Verlust schmerzt Leo bis heute.

Engel in Jeans

Die Frau ging auf der Straße vor mir. Sie hatte prächtige Hinterbacken, die in einer engen Jeans steckten. Feiner Stretch-Stoff, stellte ich fest, als ich ihr hinterher starrte. Donnerwetter, was für eine Granate! Sie warf den Kopf in den Nacken und drehte ihn dabei ein wenig zurück. Als sie mich jedoch aus den Augenwinkeln erblickte, wurden ihre Schritte langsamer. Ich holte die Frau ein, und nach wenigen Metern fragte sie: „Ich bin neu in der Stadt. Kennen Sie ein nettes Café in der Nähe?" „Ja, dort vorn." Weil ich nun auf gleicher Höhe mit ihr war, sah ich neben mir das anmutige Gesicht der Frau mit strahlend weißen Zähnen. Die blonden Haare fielen bis auf die Schultern, unter ihrer Bluse hob und senkte sich eine ansehnliche Brust. Was für ein Engel!

„Wenn Sie Zeit und Lust haben, lade ich Sie gern zu einer Tasse Kaffee ein", sagte ich. Die Frau lächelte und überlegte ein paar Sekunden. Dann nickte sie nur kurz, und wir gingen zusammen weiter. Schnell hatten wir das Café erreicht und einen Tisch in der hintersten Ecke ausgemacht. Ich zog ihren Stuhl nach hinten, und sie setzte sich. Nun konnte ich die Frau noch genauer ansehen, die umwerfend schön war. Um ihren Mund war ein gewisser Zug, der Lust auf mehr machte. Schön geschwungene, sinnliche Lippen und dazu diese blendend weißen Zähne. Wie viele Männer waren ihr schon nachgestiegen, wie vielen davon hatte sie einen Korb gegeben oder auch nicht?

Es stellte sich heraus, dass wir im gleichen Bezirk lebten. Wie konnte ich sie denn vorher übersehen haben? „Ich wohne noch nicht lange hier", erklärte die Frau. „Deshalb bin erst dabei mich einzurichten." „Gern helfe ich etwas, wenn ich kann", fuhr ich blitzschnell dazwischen. Sie lächelte wieder und sagte: „Ein Bett habe ich zum Glück schon." „Das ist ja die Hauptsache", dachte ich, behielt den Gedanken aber für mich. Ich stellte mir vor, wie großartig es darin mit ihr sein könnte. Als wir den Kaffee ausgetrunken hatten, fragte ich: „Wohnen Sie weit weg von hier?" „Zwei Straßen weiter." „Ich bin vom Fach und habe mich sehr viel mit Innenarchitektur befasst", flunkerte ich. „Dann können Sie mir vielleicht noch ein paar Tipps geben", sagte sie. „Gern", erwiderte ich.

Wir gingen hinaus und standen wenig später vor ihrem Haus, das zum Glück nur ein paar hundert Meter entfernt war. Sie wohnte in der ersten Etage und ging vor mir die Treppe hinauf. Wieder bewegte sie lasziv ihren hinreißenden Po. Der Anblick zog mich von allein nach oben. Schnell schloss sie die Wohnungstür auf und sagte: „Komm herein!" Wie schön, dass wir jetzt schon beim Du waren. Das würde vieles erleichtern. „Möchtest du etwas trinken?" „Ja, gern einen Schluck Wein." Während sie Flasche und Gläser holte, schaute ich mich etwas um. Noch war ihre Wohnung halb leer, doch im Schlafzimmer stand schon ein Boxspringbett. Die blonde Fee setzte sich mit Schwung darauf und hüpfte etwas auf und ab. Eine Aufforderung? Dann stand sie auf und schenkte Rotwein in die Gläser. Wir tranken uns zu und sahen aus dem Fenster. Durch die hellen Jalousien floss noch etwas Sonnenlicht.

Ich stand hinter ihr und berührte leicht ihren zarten Nacken. Die Frau drehte sich herum, und unsere Blicke trafen sich. Leise sagte ich: „Es fällt mir so schwer, meine Lust zurückzuhalten." Sie legte einen Finger auf meine Lippen, und wir stellten die Gläser ab. Nach einem langen Kuss zog sie mich zu ihrem Bett. Wir lagen angekleidet nebeneinander und streichelten uns. Mein Glied schwoll langsam an. „Ich heiße Agnes", sagte sie. „Und ich bin Jürgen." Mehr war überhaupt nicht nötig. Ihr Oberkörper bebte leicht, als sich beim Streicheln die helle Bluse öffnete. Sie trug keinen BH, so dass mir gleich zwei wundervolle Brüste entgegensprangen. Ich lehnte meinen Kopf an die Glocken, während sie ganz langsam den Reißverschluss meiner Hose aufzog. „Heute habe ich noch meine Regel, aber wenn du magst, kann ich dir mit dem Mund Lust verschaffen."

Ich nickte und zog den Slip aus. Aus meiner Rute war inzwischen eine Palme geworden. Agnes nahm den Schwengel ruhig in den Mund und lutschte ihn, wie es früher auch Sabine getan hatte. Sie saugte so behutsam, dass ihre Zähne nicht störten. Großartig war dabei auch das Spiel ihrer Zunge. Es dauerte nicht lange, und ich kam. Ehe wir uns versahen, hatte sich mein Sperma in ihren Hals ergossen. Sie trank es bis zum letzten Tropfen und lächelte zufrieden. Ich streichelte ihr Gesicht und sah sie dankbar an. Agens war eine Frau mit übergroßer Lebenslust, die sich verschenken konnte. „Ich bin sexuell sehr aktiv", flüsterte sie. „Und daher würde ich mich freuen, wenn auch du mich in zwei Tagen verwöhnst." „Wie möchtest du dann genommen werden?", fragte ich. „Von hinten wie ein Tier. Dann komme ich besonders stark." Ich nickte und dachte: „Oh je, das kann ja heiter werden."

Mehr davon!

Die nächsten beiden Tage wurden sehr lang. Ich konnte an nichts anderes denken als an das erste Mal mit Agnes. Diese Frau hatte alle meine Sinne geweckt. Sie musste überhaupt nichts tun, ihre wunderbare Erscheinung genügte. Vom ersten Augenblick an war die Anziehung so stark, dass ich sie, ohne noch lange zu überlegen, in das Café einlud. Warum war ich dort mit ihr? Weil mir der Kamm in der Hose schwoll. Weil ich sie vögeln wollte! Nur deswegen. Es kommt manchmal vor, dass man schon miteinander intim ist, ehe man überhaupt etwas von einem anderen Menschen weiß. Ein starker Magnet stellt die Verbindung zwischen Mann und Frau her. Erst später lernen wir das Innere des Partners genauer kennen.

Solche Gedanken gingen mir durch den Kopf, als ich am übernächsten Tag zu Agnes ging. Frauen wollen genommen werden, habe ich in meinem Liebesleben gelernt. „Nutze die Stunde, ehe sie entschlüpft", sagt der Dichter. Egal, wie alt ich bin, das weibliche Geschlecht zieht mich noch immer magisch an. Vor allem schöne Brüste, die gern aus einem tiefen Dekolleté hervorschauen, erregen mich. Sie mögen irgendwann nicht mehr so fest sein, aber das macht nichts. Das hungrige Organ der Frauen zwischen ihren Beinen hat unvergänglichen Wert. Und Agnes würde heute ihren Schoß für mich öffnen.

Sie machte die Tür auf, und sie strahlte mich mit tellergroßen Augen an. Zunächst nahm mich ihr schönes Lächeln gefangen, so dass ich gar nicht bemerkte, dass sie nur einen Morgenrock trug. Agnes zog mich durch die Wohnung dorthin, wo wir uns gegenseitig schenken wollten. Als der Morgenrock fiel und sie nackt vor mir stand, realisierte ich endgültig, wie schön ihr Körper war. Das anmutige Gesicht, die prallen Brüste, die weiche Haut, der Flaum des Schamhaares, es war ein echtes Kunstwerk, das Ebenbild einer Madonna. Ich warf meine Sachen ab, und Agnes ergriff meine Hand. Leicht zog sie mich daran zum Bett. Ich streichelte sie zart von oben herab und spürte, wie ihr schöner Körper mit jedem Zentimeter, den meine Hand nach unten glitt, mehr erbebte. Unter meinen Fingern wurde ihre Spalte nass. „Ich brauche es jetzt," stöhnte meine Bettgefährtin.

Sie drehte sich auf den Bauch, kniete sich hin und bot mir ihr einmaliges Hinterteil an. Sie wollte ja so und nicht anders genommen werden „Mein Cowboy, komm und besorg es mir!" Ich nahm meinen Prügel und schob ihn langsam in ihr enges Loch. Der harte Stab spürte einen leichten Widerstand, so wie bei einer Jungfrau. Aber weil sie zwischen den Schenkeln klatschnass war, rutschte er dennoch sehr gut in ihre Schatzhöhle hinein. Daraufhin fing ich an, meine Liebesgöttin rhythmisch zu stoßen. Ich begann langsam, um selbst nicht so schnell zu kommen und um ihr die größtmögliche Lust zu verschaffen. Bei jedem Stoß seufzte Agnes mehr. Die ersten Laute waren ungewöhnlich tief für eine Frau. Mit der Zeit aber wurden die Töne immer höher. „Ja, stoß mich, stoß mich ganz hart!", keuchte sie und zuletzt wimmerte sie nur noch. Als es ihr kam, schrie sie: „Spritz ab!" Ich erhöhte meine Schlagzahl und ergoss mich nun in ihren wunderbaren Schoß. Nachdem ich den kostbaren Schrein gefüllt hatte, sanken wir auf dem Bettlaken zusammen. Die zufriedene Agnes nahm eine Embryohaltung an, und ich lag eng hinter ihr und umfing sie mit den Armen. Eine Weile ruhten wir aus, dann drehten wir beide uns um und sahen einander glücklich an. Zwei Seelen hatten sich mit Hilfe ihrer Körper gefunden.

Wir sind immer abhängig von der Gnade des Augenblicks. Ich hatte das Glück, einen solchen zu erwischen, als ich Agnes traf. Meine großartige Geliebte bot mir ihr umwerfendes Lächeln und ihren heißen Körper. Wenn ich dann ihren Hals, diese so zarte verwundbare Stelle, küsste, erschauderte sie vor Wonne. Danach waren wir beide verloren. Sie gab sich hin, und ich ging mit allem, was ich besaß, daran, ihr diese einmalige Lust zu schenken, die sie zum Schreien brachte. Hinterher hauchte Agnes nur noch mit sanfter Stimme: „Mehr davon!"

Das süße Kleid

Cordula war sauer. Sie stand an einer Bushaltestelle und ärgerte sich. In der Boutique auf der anderen Straßenseite hatte sie eben ein wunderschönes Sommerkleid gesehen, das sie sich aber nicht leisten konnte. Seit drei Monaten war sie für eine Zeitarbeitsfirma tätig, die nur Dumpinglöhne zahlte. Ihr Linienbus kam, und sie stieg ein. Nachdem Cordula sich gesetzt hatte, erblickte sie gegenüber von sich einen attraktiven Mann. Er lächelte freundlich, was sie aber nicht erwiderte. „Haben Sie schlechte Laune? Es ist doch schönes Wetter draußen." Ehe Cordula antwortete, sah sie sich den jungen Mann einmal genauer an und bemerkte seine feine Kleidung. Er trug einen Maßanzug und ein Seidenhemd. Dann sagte sie: „An Ihrer Stelle wäre ich sicher auch in guter Stimmung. Aber ich kann es mir zum Beispiel nicht leisten, so feine Klamotten zu tragen wie Sie."

Er fragte sie nach ihrem Job, und der Kontakt war geknüpft. Etwas zögernd erzählte Cordula von ihrer finanziellen Situation und dem Ärger, dass sie sich einfach keine edlen Sachen kaufen konnte. „Sie sind ganz sicher in einer anderen Gehaltsklasse. „Ja, das ist schon möglich, ich bin Unternehmensberater." „Da haben wir es,", sagte Cordula spitz. „Können Sie mir erklären, warum Leute in einer Chefetage 20mal so viel verdienen wie das Fußvolk?" „Es liegt am System, das wir beide leider kaum ändern können", entgegnete er freundlich. „Wir könnten aber jetzt etwas dafür tun, Ihre Stimmung zu verbessern." „So? Da bin ich mal gespannt, wie das gehen soll", parierte Cordula. „Ganz einfach. Ich lade Sie zum Kaffee und zu einem großen Eisbecher ein. Bei Ihrer tollen Figur können Sie sich das locker erlauben."

Damit hatte der Mann einen Nerv getroffen. Eine solche Einladung nahm Cordula gern an, und Komplimente über ihr gutes Aussehen mochte sie auch. Sie war wirklich ein schöner Anblick. Ihre gebräunten langen Beine steckten in einem Minirock, über dem sich ein hellgraues T-Shirt spannte. Ja, es spannte etwas, denn Cordulas Oberweite war schon beachtlich. Seit sie diesem freundlichen Mann gegenübersaß, spürte sie, dass ihre Brust ihn magisch anzog. „Ich wohne in der Nähe und muss jetzt leider aussteigen", sagte Cordula. „Okay, mein Domizil ist doch auch in Reichweite." Beim Aussteigen hielt der Mann ganz höflich ihre Hand, und sie gingen auf den Bürgersteig. „Dort hinten ist ja ein angesagter Italiener, da frühstücke ich gern." „Na schön, ich lass mich überraschen," sagte sie.

Im Lokal war es ruhig, so dass beide ungestört reden konnten. „Ich heiße Lars", sagte er. „Und ich Cordula." Lars bestellte, und als kurz darauf die Espressomaschine lärmte, musste sie sich ganz nah hinüber zu seinem Gesicht beugen, damit er sie verstehen konnte. Das stellte eine erste Intimität her, die beiden nichts ausmachte. „Du hast total ein Recht darauf, deine Gefühle herauszulassen. Ich meine damit die großen Ungerechtigkeiten in deinem Berufsleben", sagte er. Cordula freute sich über seine Anteilnahme. Als Frau, die im Flirten geübt war, ahnte sie aber auch, dass Lars sie wahrscheinlich nicht nur mit Worten streicheln wollte. Nicht umsonst hatte er ja darauf verwiesen, dass seine Wohnung in Reichweite lag. Jetzt kam der Espresso. Sie spitzten die Lippen und pusteten ein wenig auf das Getränk, um sich nicht etwa den Mund zu verbrennen.

Auch in dem anschließenden freien Gespräch verbrannte sich keiner von ihnen den Mund. Cordula und Lars waren jung und ein schönes Paar, eben für die Liebe wie geschaffen. Ein Wort ergab das andere, es konnte nur ein schöner Nachmittag werden. Am Nachbartisch im Café saß ein reiferer Mann. Er lächelte, denn ihm war klar, worauf dieses Date hinauslaufen würde. Der Mann lag völlig richtig, denn er hörte noch, wie Lars zu Cordula sagte: „Den Espresso hätten wir auch bei mir zu Hause trinken können. Ich lade dich deshalb noch zu einen guten Tropfen Wein ein." „Sehr gern", willigte Cordula ein, die den Vorschlag recht verlockend fand. Ihre trübe

Stimmung war längst verraucht, sie fühlte sich plötzlich federleicht. Als sie vor der Wohnung standen, ließ Lars seine attraktive Besucherin als Erste hineingehen. Er beherzigte die Worte von Karl Kraus, dass derjenige in der Liebe der Hausherr ist, der dem anderen den Vortritt lässt.

Drin begab sich Lars zur Hausbar und holte den Wein. „Wirklich wunderschön", raunte Cordula und konnte sich an der Einrichtung nicht sattsehen, die äußerst geschmackvoll war. „Deine Wohnung gefällt mir sehr." Er freute sich über ihre Bewunderung, aber registrierte auch eine gewisse Unsicherheit in ihrem Blick. Sein spitzbübisches Lächeln machte sie verlegen. Plötzlich bekam sie weiche Knie. Die sonst coole Cordula schmolz dahin wie eine Schneefrau in der Sonne. Lars spürte das jetzt, ging zur Musikbox und legte einen bekannten Schmusesong auf.

Mit ausgestreckten Armen lief er nun zu Cordula, griff nach ihren Händen und zog sie von der Couch hoch. Sie tanzten durch den ganzen Raum, wobei er sie fest an seine Brust drückte. Wie in Trance bewegten sich ihre Körper. Dabei fühlte Cordula deutlich die Erregung von Lars unter seiner feinen Kleidung. Sanft zog er sie nun ins angrenzende Schlafzimmer. Mit geübter Hand streifte er Cordulas Sachen von ihrem Körper und küsste danach ihre zarte Haut überall. Was er suchte, fand er schnell. Es kam zur lustvollen

Vereinigung, die später in einer wunderbaren Explosion endete. Cordulas Schüchternheit war jetzt weg, und sie schwebte nur noch auf Wolke sieben.

Damit nicht genug, am nächsten Tag trafen sie sich auch in dem Modesalon. Was Cordula nicht wusste: Lars war schon vor ihr dagewesen, hatte das entzückende Kleid gekauft und auch hübsch einpacken lassen. Als beide dann den Laden gemeinsam betraten, sah sie das begehrte Stück nicht mehr. Ach schade. War es ausverkauft? Mit enttäuschtem Gesicht wandte sich Cordula zum Gehen, doch Lars hielt sie fest. „Schau mal hier!" Er überreichte ihr ein hübsches Paket, und als Cordula es öffnete, erblickte sie dort das heiß begehrte Kleid. Sie war verblüfft. Überglücklich sah sie den Mann an, der frisch verliebt in sie war und ihr diese Riesenfreude gemacht hatte. Auch Cordula schwärmte total für ihn, aber nicht nur wegen des Kleides. Das schöne Liebesabenteuer mit Lars führte dazu, dass sie bereits nach zwei Monaten in seine große Luxuswohnung einzog. Cordulas Leben war jetzt viel angenehmer und offenbar auch glücklicher. Auf jeden Fall genoss sie den Anfang einer neuen und berauschenden Zeit. Sie sagte sich: Das Leben ist schön, wenn man es lässt.

Feines Muskelspiel

Auch Frauen können ihre Muskeln wunderbar spielen lassen. An einem späten Montagabend fiel mir Inge ein. Die sportliche Berlinerin mit einem sinnlichen Mund und ganz wunderbaren Schenkeln wohnte in meinem Stadtteil. Sie hatte mir einen Winter lang sehr viel Lust verschafft, in letzter Zeit aber war unsere Beziehung etwas eingeschlafen. Es lag nicht an Inge, sondern an mir. Weil ich zwischendurch viel im Ausland unterwegs war und sie öfter die Nähe eines Mannes brauchte, konnte ich es der reizenden und rassigen Stute nicht übelnehmen, dass sie hin und wieder auf eine andere Weide lief. Nun aber war ich zurück im Lande und spürte das Verlangen, Inge zu treffen. Ich rief an und fand offene Ohren. „Schön, deine Stimme zu hören. Ja, komm vorbei. Du weißt doch, ich habe immer Zeit für dich."

Sie wohnte im zweiten Stock, und ich stürmte die Treppe hinauf. Inge hätte das noch viel schneller gekonnt. Sie war ja eine Sprinterin mit tollen, durchtrainierten Beinen. Diese waren perfekt geformt, mit kräftiger Muskulatur und keinem Gramm Fett zu viel. Inge wusste genau um ihre Anziehungskraft und empfing mich in Hot Pants. Ihr Fahrgestell war wirklich eine Augenweide. Es weckte stets ein großes Verlangen, was meine Gefährtin auch sichtbar genoss. Im Wohnzimmer stellte ich die mitgebrachte Flasche Sekt auf den Tisch, ehe wir beide uns umarmten. Inge war flachbrüstig, so dass ich durch ihr zartes Oberteil spüren konnte, wie ihr Herz unter den Knospen klopfte. Sie mochte sehr lange Küsse und meine Hände auf ihrem knackigen Hinterteil. Gern tat ich ihr den Gefallen.

Nach einer Weile hob ich Inge hoch und trug sie durch das Zimmer zur großen Klappcouch. Auf einem kleinen Tisch standen zwei Kerzen, die romantisches Licht ins Zimmer gossen. Schnell zogen wir uns aus und taten das, was hungrige Liebende tun. Inges Eingangstor war feucht. Ich drang ein, und sie umschloss mich fest mit ihren langen Beinen. Ihre Schenkel schwangen und drückten im gleichen Takt zu meinen Stößen, so dass wir beide in einen wunderbaren Rhythmus kamen. Jeder Muskel von ihr wusste, was er zu tun hatte. Es war ein fein abgestimmtes Spiel. Dann kam der Moment, wo Inge heiß genug war und mich reiten wollte. Also drehte ich mich auf den Rücken, und sie legte sich mit ihrer süßen Leichtigkeit auf meinen Körper.

Wie sie dann ihr schönes Becken bewegte, das war wirklich einmalig. Inge saß aufrecht und ritt mich lange und ausdauernd, wie es vor ihr nur wenige so vollendet getan hatten. Ich spürte dabei ihre wunderbaren Schenkel, die sich wie zwei Taktstöcke bewegten. Zugleich melkten die

Muskeln ihrer Vulva meinen steifen Schwanz. Der Liebesakt war göttlich, weil meine Gefährtin die Kunst des Reitens und des Beckenschwungs so perfekt beherrschte. Es war einfach virtuos. Ich wusste, dass jetzt nicht mehr viele Stöße von mir nötig waren, bis sie laut aufschreien würde. Inges Tempo wurde immer schneller, und mein Saft ergoss sich in sie hinein. Die Athletin kam mit lautem Jubel, und nach der Verschmelzung rief sie: „Es war einmalig. Das ist heute der beste Sex des Jahres gewesen. Bleib ja nicht wieder so lange weg!" „Ich verspreche es dir", sagte ich. „Jetzt sollten wir aber erstmal einen Schluck Sekt trinken."

Das Liebeserlebnis zeitigte bei der Sportlerin Inge noch eine zweite, unerwartete Wirkung. Denn einen Tag später sprintete meine Freundin bei der Meisterschaft des Stadtbezirks zu einer neuen Bestzeit. Ich freute mich sehr für sie. Inges sexuelle Energie hatte sich offensichtlich auch auf der Bahn in anderer Form ganz wunderbar entladen und zu diesem tollen Ergebnis geführt.

Amor de Siesta

Ende August stieg ich in der Mittagszeit auf die Dachterrasse meines Ferienhauses, um dort den Pflanzen Wasser zu geben. Ein leises Geräusch auf der Nachbarseite hinter mir ließ mich den Kopf wenden. Gegenüber war ein junges, völlig nacktes Paar ins Liebesspiel vertieft. Sie hatten die ganze Welt um sich herum vergessen und bemerkten mich daher nicht. Das Mädchen war wunderschön, ihr makelloser Körper glänzte golden in der Sonne. Sanft fielen die brünetten Haare in ihre Stirn, als sie einen sehr kräftigen Jungen auf den roten Fliesen unter sich liebevoll verwöhnte. Ihre zarte rechte Hand hatte seinen starken Penis fest umschlossen. Nach einiger Zeit nahm sie das knüppelharte Glied zwischen ihre sinnlichen Lippen und lutschte es voller Hingabe. Sie bewegte sich immer rhythmischer und heftiger, so dass ihr muskulöser Liebhaber unter der süßen Last aufstöhnte.

Die schönen Brüste der jungen Frau wippten, ihr Kopf und der runde Hintern hoben und senkten sich in einem Gleichmaß, das mich faszinierte. Dann vereinigten sich ihre Körper. Weit öffnete die junge Frau ihre prachtvollen Schenkel und ihre Liebespforte, die der Lover nun kräftig zu bearbeiten begann. Beide wurden lauter und ekstatischer. Ihre Lustschreie kamen synchron aus tiefstem Inneren und waren jetzt auch in größerer Entfernung zu hören. Das junge Paar realisierte es aber nicht. Es verströmte so ein Glücksgefühl, als wollte es dies mit der ganzen Umgebung teilen. Ich wandte mich ab, weil es heiß in mir aufstieg, als läge ich selbst bei ihnen.

Ich hielt die Spannung nicht länger aus und lief in meine Wohnung, um mich dort abzukühlen. Es half mir, dass ich kalt duschte. Nur so konnte ich die übergroße innere Erregung loswerden, die mich erfasst hatte. Nach ca. einer halben Stunde ging ich noch einmal hinauf. Ein paar Wolken waren aufgezogen, unten rauschten die Pinien. Die Liebenden waren nicht mehr zusammen. Er hatte sich vor der enormen Hitze in das Haus geflüchtet, sie aber genoss mit geschlossenen Augen die Ruhe nach der Lust. Wie die schöne Frau jetzt so still im Halbschatten lag und ihren olympischen Körper auf den roten Fliesen der Terrasse ausstreckte, bot sie ein Bild höchster Vollkommenheit. Wohin meine Blicke auch wanderten, sie sahen nichts anderes als die Gestalt einer griechischen Göttin. Ja, in diesem Augenblick hätte ich sehr viel gegeben, bei ihr zu sein, an ihren Brüsten zu saugen oder ihren Schoß erforschen zu können. Noch heute, nach vielen Jahren, sehe ich das erregende Bild vor mir. Es verjährt nicht. Die filmreife Szenerie bleibt in meinem Gedächtnis eingebrannt.

Beim Liebesspiel ist es wie beim Autofahren. Die Frauen bevorzugen die Umleitung, die Männer die Abkürzung. (Jeanne Moreau)

Blowing

Als Michael die Treppe in dem Altbau zu seiner Verabredung hinaufging, ahnte er noch nicht, was gleich passieren würde. Er klingelte, die Tür öffnete sich, und eine zierliche Frau stand vor ihm. Ihr Gesicht war nicht besonders schön, es sah mitgenommen und etwas vergrämt aus. Der Körper aber war noch sehr jung und schlank. Sie umarmten sich ohne Worte. Die Frau führte ihn durch einen langen Korridor ins Wohnzimmer. Michael bemerkte, dass sie unter ihrem dünnen Shirt keinen BH trug und spürte die Rundungen ihrer Brüste. Ganz langsam schob er den Stoff weiter hoch und sah die kleinen, festen Äpfel. „Schön", sagte er und streichelte sie. Mehr war nicht nötig. Die kleine Frau ließ es auch zu, dass er ihr jetzt das Oberteil über den Kopf zog.

Sie gingen zum Sofa und setzten sich. Auf dem Couchtisch glomm eine Zigarette im Aschenbecher. Michael legte seinen Arm um die halbnackte Frau und bemerkte, dass sie vor Erregung zitterte. Zwei eben noch wildfremde Menschen waren sich in Minutenschnelle nähergekommen. Er hatte Wein mit, und als die Flasche geöffnet war, tranken sie etwas davon. Danach küssten sich beide und streichelten sich zart. Sein Glied erwachte jetzt in der Hose. Er legte sich mit dem Rücken auf das Sofa, so dass die Frau seine große Beule sehen konnte. Mit den Augen bat er sie, ihm zu helfen. Ohne Worte verstand die Frau, was er meinte, öffnete den Schlitz seiner Jeans und nahm seinen Schwengel in die Hand. Mit wenigen Strichen hatte sie ihn ganz steif.

Michael sah sie dankbar und auch auffordernd an. Darauf drückte die kleine Frau ihre Zigarette aus und steckte sich sein Glied tief in ihren Mund, so als wolle sie ihn verschlucken. Der lange und heiße Prügel war jetzt ihr Glimmstängel. Michael ahnte, dass sein Schwanz nicht der erste war, den sie lutschte. Sie tat es so intensiv, dass sich innen sehr schnell ein Lavastrom ansammelte. Als Michael nach kurzer Zeit so weit war und das Sperma spritzte, trank die Frau seinen Liebessaft bis zum letzten Tropfen. Auch sie glaubte daran, dass man davon eine weichere Haut bekommt.

Nach diesem Abend haben die beiden sich nicht wieder getroffen. Doch Michael sagte mir später einmal, er könnte noch heute den Totenkopf des Mannes streicheln, der die Fellatio erfunden hat. „Es ist wohl eher eine Frau gewesen?", warf ich ein. „Oder aber, es war ein antikes Liebespaar," einigten wir uns schließlich bei einem Bier.

Der sechste Sinn

Simone war ein Naturkind. Sie wuchs in einem Dorf am Rande der Großstadt auf und bewegte sich gern draußen in der Natur. In der warmen Jahreszeit lief das Mädchen barfuß durch die Wiesen und über den Waldboden. Sie mochte den hautnahen Kontakt mit der Umwelt, der ihr ein Gefühl der Freiheit und auch großer Lust bescherte. Simone besaß einen sechsten Sinn für das Natürliche. Das erinnert mich an meine Kindheit, als die Sensoren an unseren Füßen noch völlig intakt waren und die unmittelbare Verbindung zur Erde meinen Geschwistern und mir sehr große Freude machte. Sich so frei zu bewegen, war einfach und eine ganz normale Sache, Die heutige Mode, sich teure Snaeckers zu kaufen und sie auch bei hohen Temperaturen zu tragen, gab es damals noch nicht.

Wenn es im Sommer sehr heiß war, kam es auch vor, dass Simone gar keinen Schlüpfer unter dem Kleid trug. Diese Gewohnheit behielt sie noch in der Pubertät bei. Das half ihr und den Jungen, mit denen sie auf der Wiese herumtollte, sehr bei der Erforschung des eigenen sowie des anderen Geschlechts. Barfuß im Gras zu liegen, wenig anzuhaben und das Unbekannte zu erkunden, war ein aufregendes Spiel. Es ist leider so, dass in der heutigen Zeit kaum noch jemand mit bloßen Füßen nach draußen geht, weil immer größere Teile unseres Landes mit Asphalt oder Beton bedeckt sind. Auf einer asphaltierten Straße macht das Bewegen mit nackten Füßen keinen Spaß, außerdem ist es schädlich. Mit dem Verlust des Barfußlaufens büßen wir ja eine Verbindung zur Natur ein und verringern unsere Lebensqualität.

Simone war bildschön und entwickelte sich mit der Zeit zu einer Frau mit enormer erotischer Ausstrahlung. Man konnte sie auf der Straße einfach nicht übersehen. Ihr gefiel es sehr, wenn Männer ihr mit begehrlichen Blicken hinterherschauten. Noch immer hatte Simone sich ihre Natürlichkeit bewahrt und die Gewohnheit, an warmen Tagen „unten ohne" zu gehen. Das ahnte natürlich keiner der Passanten, an denen sie vorbeilief. Im zweiten Semester ihres Medizinstudiums verliebte Simone sich in einen etwas älteren Kommilitonen, der das Physikum schon geschafft hatte. Sie wurden ein Paar und lebten ihre Lust hingerissen im Studentenwohnheim aus. Als der Sommer kam, gingen sie öfter in eine Milchbar, um Eis zu essen. Eines Tages eröffnete Simone ihrem Freund im Café, dass sie wieder keine Unterwäsche trug und sagte: „Ich möchte, dass du mich hier vor allen Leuten befriedigst."

„Wie soll das gehen?", stutzte er. „Wir sind hier doch nicht im Film „Harry und Sally." „Komm mit der Hand unter den Tisch und schieb sie unter meinen Rock!" Der junge Mann hatte dergleichen noch nicht erlebt und zögerte daher erst einen Moment. Dann tat er jedoch, was seine Geliebte von ihm verlangte. Mit langen Fingern, die einem Pianisten zur Ehre gereicht hätten, glitt er an ihren toll gebräunten Oberschenkeln entlang. Nachdem der Freund ihre Knospe erreicht hatte, strich er zart darüber, worauf Simone ihn mit ihren hellblauen Augen anstrahlte und durch Kopfnicken ermunterte, nicht aufzuhören.

„Gut so. Mach weiter!" Der Freund schaute zur Seite, aber niemand im Café nahm Notiz von dem schönen Paar, das in einer Ecke des Lokals saß. Nun drückte und rieb er noch etwas stärker an Simones Kitzler und sah ihr dabei ins Gesicht. In ihren geweiteten Augen spürte er die Wirkung seiner Bewegungen. Sein Fingerspiel war sehr geschickt, und langsam kostete es Simone Mühe, ihre Erregung zu verbergen. Aber der Reiz und die Lust, diesen Liebesakt in aller Öffentlichkeit zu vollziehen, waren so groß, dass sie es schaffte, stumm zu bleiben. Der Nervenkitzel bestand ja darin, dass man bei dem höchst ungewöhnlichen Treiben jederzeit erwischt werden konnte.

Simones Freund arbeitete jetzt mit zwei Fingern zwischen ihren Schenkeln, um sie zum Orgasmus zu bringen. Ihre erogene Zone war inzwischen klatschnass, und ihr Unterleib zuckte heftig. Als Simone kam, gab sie einen tiefen Laut von sich.

Etwas Lustwasser tropfte vom Delta der Venus auf die Hand des Geliebten, die er ganz langsam zurückzog und mit einer Serviette abtupfte. Keiner der anderen Gäste merkte etwas, und das Paar hatte eine neue Form des Liebesspiels für sich entdeckt. An diesem Tag lebte Simone mit Hilfe des Freundes ihren ausgeprägten Sinn für außergewöhnlichen Sex zum ersten Mal in aller Öffentlichkeit aus. Ja, es war schamlos schön und wunderbar zugleich. Buddha hat recht: Wo Liebe ist, wird das Unmögliche möglich.

Diese Geschichte wurde mir Jahre später vom Liebhaber der so lustbetonten Frau erzählt. Ich konnte ihm sagen, in meinem Leben auch zwei reizende Geschöpfe kennengelernt zu haben, die im Sommer ungeniert ohne einen Slip unter dem Kleid herumliefen. Im Bett oder auf der Couch waren sie beide phantastische Geliebte. Doch zu der pikanten erotischen Spielart vor einem völlig ahnungslosen Publikum ist es bei uns leider nie gekommen, weil sie mir erst zu einem späteren Zeitpunkt ihr kleines Geheimnis verraten haben. Ich kann mir vorstellen, dass ein großer Sog von jeder Frau ausgeht, die an warmen Tagen unten ohne durch die Gegend läuft. Wenn man es denn weiß...

Moral und Liebe

Liebe und Moral sollen an dieser Stelle einmal philosophisch betrachtet werden. Wir Menschen kommen aus dem Tierreich, aber erheben uns über die Umwelt und die Tiere. Dabei sind wir doch um keinen Deut besser, im Gegenteil. Die Menschheit hat ihre intellektuellen Begabungen, Wirtschaft, Wissenschaft und Technik sehr weit entwickelt, aber versäumte es, ihre moralischen Fähigkeiten dementsprechend auszubilden. Wir verhalten uns mitunter schlimmer als die Tiere und tun nichts anderes, als unseren Instinkten zu folgen. Sieht ein Mann eine schöne Frau, denkt er sehr oft nur an das eine. Er lässt dann nichts unversucht, diese Angebetete zu erobern, mit verrückten Ideen und allen erdenklichen Druck- oder Lockmitteln.

Auch zu unserer Erde sind wir nicht liebevoll, sondern anmaßend. Wir lassen ihr keine Ruhe und zerstören sie. Die Politiker sehen diesem skrupellosen Treiben tatenlos zu, ihre Unmoral schreit doch zum Himmel. Bei jedem Klimagipfel kommen die Mächtigen der Welt zusammen. Sie sehen, dass die Erde brennt, aber beschließen, erstmal nichts zu tun. Aus Gewohnheit und Bequemlichkeit wird kaum etwas geändert. So ist es ja kein Wunder, dass viele Leute denken, warum sollen wir uns dann im Privatleben achtsam verhalten? Das gilt auch für die Liebe.

Viele folgen ja ihrem angestammten Trieb und leben ihn aus, mit wem auch immer. Egal, ob man schon in einer verbindlichen Partnerschaft ist oder nicht. Die Erde brennt, und die Beziehungen gehen den Bach runter. Moral hin oder her, das ist einfach so. Es fehlt wahre Liebe.

Nach diesem Exkurs komme ich nun zu einer persönlichen Geschichte. Auf einem Galadinner begegnete ich einer umwerfend schönen Frau. Sie war etwa Mitte Dreißig und stand mit einem Cocktail verloren in einer Ecke des Saals. Ihrem Gesichtsausdruck konnte man entnehmen, dass sie sich langweilte. Als ich mich näherte und mir vom Tisch ebenfalls ein Getränk nahm, kamen wir ins Gespräch. „Wie kann es sein, dass eine so attraktive Frau hier allein herumsteht", wagte ich einen nicht sehr originellen Annäherungsversuch. „Mein Ehemann spricht dort vorn mit einigen sehr bedeutenden Persönlichkeiten. Das scheint ihm wichtiger zu sein, als sich um mich zu kümmern." Das Wort „bedeutend" sprach die Frau mit einem verächtlichen Unterton aus. „Ich kenne das", sagte ich. „Politik und Geschäft sind für manche Männer wichtiger als ihre eigene Frau. So ein Verhalten ist nicht meine Sache."

„Ach ja?", klang es belustigt aus ihrem kirschroten Mund zurück. Dabei leuchteten die hellen Augen der Frau kurz auf. „Sie sind wohl eines der letzten Exemplare dieser seltenen Spezies, die noch weiß, was im Leben wirklich zählt." „Das hoffe ich doch", antwortete ich auf das ironische Kompliment und rückte näher an die Schöne heran. „Sie sind also mit Ihrem Leben nicht sehr zufrieden." „Nun, es ist einfach zu langweilig und eigentlich ziemlich sinnlos." „Warum denn das?" „Weil die Menschen längst vergessen haben, was wirklich zählt. Wir rennen sehenden Auges auf den Abgrund zu. Müssen wir wie die Irren um die Welt fliegen? Warum kaufen wir chinesische Plastik? Es geht doch auch anders." Da waren wir wieder beim leidigen Thema Bequemlichkeit und fehlende Verantwortung. Um die Situation aufzulockern, fragte ich die Frau: „Wann hatten Sie denn ihr schönstes natürliches Erlebnis?" „Da müsste ich lange zurückdenken", erwiderte sie nach einer Pause. „Mit 13 Jahren kletterte ich auf einen hohen Baum, und beim Herunter-steigen rutschte ich plötzlich ab. Zum Glück fing mich der Nachbarsjunge auf, und wir beide landeten im Gras. Dort tauschten wir den ersten Kuss unseres Lebens aus."

„Eine wunderbare Geschichte", sagte ich. Dann nahm ich der betörend schönen Frau das Glas aus der Hand und stellte es zusammen mit dem meinigen auf den Tisch. Schnell zog ich sie jetzt durch die Saaltür hinaus ins Foyer und küsste die überraschte Frau. Es war ein wilder Überfall, doch meine Gesprächspartnerin war so perplex, dass sie keinen Widerstand leistete. Unser Kuss dauerte ziemlich lange, erst nach Minuten lösten wir uns mit erhitzten Gesichtern voneinander. Als ich den Kopf hob, sah ich, dass die Frau sich jetzt von ihren langen Wimpern ein paar Tränen wischte, aber dabei lächelte.

Unser „natürliches Erlebnis" im reiferen Alter war damit noch nicht zu Ende. Wir verabredeten uns für den nächsten Tag, und in der Folgezeit wurde die von ihrem Gatten so vernachlässigte Frau meine Geliebte. Im Saal hatte sie mir ihr Lächeln geschenkt und hinterher einen langen Kuss. Später schenkte sie mir ihre Lenden. Selten hat mir eine Frau so den Kopf verdreht und so viel Genuss bereitet wie sie. Es passierte einfach deshalb, weil sie aus Enttäuschung über ihren kühlen Mann das Glück jenseits der Ehe suchte. Ihr Gatte verstand eben nicht, was für eine große Sinnlichkeit in seiner angetrauten Frau lebte. Ich war es, der ihre Leidenschaft wiedererwecken durfte. In unserer Geschichte siegte am Ende die Liebe über die Moral.

P.S. Angesichts des schrecklichen Krieges mitten in Europa möchte ich an die Worte eines klugen Menschen erinnern, die ich einmal gelesen habe: „Nicht die Bombe tötet uns, sondern der Mangel an Liebe." Es wäre deshalb sinnvoller, wenn die Männer zu Hause bleiben und mit ihren Frauen schlafen würden, anstatt in den Krieg zu ziehen. Der letzte Satz könnte auch von Brecht sein.

Sommer in Berlin

Vor Jahrzehnten landete eine Band aus den USA mit ihrem „Summer in the City" einen Riesenhit. Er wurde viel gecovert, auch von Joe Cocker. In Berlin kann so ein Sommer mit extrem hohen Temperaturen sehr belastend sein. Hitze, Staub und Baustellen machen Laufen oder Autofahren zur Qual. Die Stadt ist dann eine echte Falle. Der rebellische Rio Reiser, er ist schon lange tot, schrieb einmal: „Alle Berliner gehören aufs Land oder ins Sanatorium". Ich wollte in einem heißen Sommer, der auch eine Trennung von einer Frau mit sich gebracht hatte, überleben und sagte mir: „Nichts wie raus hier!"

Es war ein später Nachmittag, als ich Abkühlung suchte. Am runden See im Norden lagen nicht mehr viele Pärchen oder Familien. Die Sonne lief über die Bäume davon und würde irgendwann verschwinden. Ich las Zeitung. In dem Feuilleton eines bekannten Blattes erfuhr man etwas über die Liaison Gottfried Benns mit Ursula Ziebarth. Zwei Jahre vor seinem Tode lernte der Dichter in Berlin die nicht halb so alte Frau kennen. Er schrieb ihr von August 1954 bis Juni 1956 nicht weniger als 252 Liebesbriefe, die sie in einer Schatulle fast ein halbes Jahrhundert aufhob. Nun wurden sie auch als Buch veröffentlicht. Ich nahm mir vor, sie unbedingt zu lesen.

Das Freibad ist für manche Stadtmenschen, was für Romeo und Julia der Balkon war - ein Ort für Kontakte. Neben mir genoss eine Frau von vielleicht 30 Jahren die letzten Sonnenstrahlen. Sie hatte eine Top-Figur und lag wohl schon den halben Tag hier. Zwischen ihren Brüsten sah ich ganz kleine Schweißperlen, die sehr langsam herunterliefen. Sie richtete sich auf, benetzte ihren erhitzten Oberkörper etwas mit Mineralwasser und tupfte ihn dann aufreizend langsam trocken. Das Ganze wiederholte sie drei- bis viermal in Zeitlupe und aus den Augenwinkeln meine Reaktion beobachtend. Was wollte sie? Mir ihre schöne Haut zeigen? Mich in Erregung versetzen?

Die Frau war eine Augenweide. Hingebungsvoll vertiefte ich mich in den reizenden Anblick. Das Verlangen in meinen Augen wuchs. Ich schickte ein paar Blicke hinüber, die geeignet waren, bis tief unter ihre Haut zu dringen. Große hungrige Augen sahen zurück. Doch es passierte nichts weiter. Als sie sich eine Zigarette anzündete, schwand mein Interesse sogleich. Ich mochte Frauen, die rauchten, nicht mehr näher kennen lernen und verzichtete auf ein Gespräch. Auch wenn ihr bronzefarbener Körper so schön lockte und die Annäherung mich sicher – und sei es nur für kurze Zeit – abgelenkt hätte. Ich hatte aber, wie gesagt, meine Trennung hinter mir und war jetzt nicht in der Stimmung, mich beim Qualm einer Zigarette zu unterhalten.

Inzwischen war es Abend geworden. Ich packte meine Sachen und fuhr zurück. Der Bonvivant Francois Villon gab uns Männern einst den Rat: „Es ist schon besser, wenn man unbeweibt wie eine Nuss den Fluss hinuntertreibt." Das klingt ja sehr originell, aber wie lange war so etwas auch durchzuhalten? In den Tagen danach erinnerte ich mich an früher und überlegte, wie es denn wäre, wieder die Angel auszuwerfen. Doch das ist schon eine andere Geschichte.

Lockere Muse

Es heißt, Männer haben es besonders schwer, ihr Liebesverlangen zu zügeln. Das stimmt, aber die Zahl der Frauen, die ständig Sex brauchen, ist auch nicht gering. Ganz egal, was um sie herum geschieht, ob drüben das Nachbarhaus brennt oder sogar einstürzt, Nymphomaninnen wollen regelmäßig bestiegen werden. Sibylle war eine dieser Frauen, ziemlich drall und unersättlich. Schon als kleines Mädchen streichelte sie sich und empfand dabei erste Lustgefühle. Noch war ihr nicht klar, was das bedeutete. Als sie später jedoch mitbekam, wie die Uhr des Lebens tickt, war sie nicht mehr zu halten. Tauchte auf der Straße ein Junge aus ihrer Klasse auf, versuchte sie, seine Blicke auf sich zu lenken. Wenn der Knabe näherkam, lockte Sibylle ihn gern in den kleinen Wald vor der Schule und steckte ihm dort ihre Zunge in den Hals. Sie befühlte ihn auch zwischen den Beinen, um zu erreichen, dass er eine dicke Hose bekam. So war Sibylle eben, eine frühreife, schamlose Göre, die gern Unfug trieb.

Nachdem sie von einem etwas älteren Freund entjungfert worden war, verfiel Sibylle ihm. Als gelehrige Schülerin war sie ihm eine Zeitlang zu Willen, bis er sie wegen einer anderen Geliebten sausen ließ. Sibylle trauerte aber nicht lange und sah sich im Revier um, wohl wissend, dass auch andere Mütter schöne Söhne hatten. Immer war sie auf der Pirsch, wollte den Männern ja nicht allein das Vergnügen überlassen. So dauerte es nicht lange, bis sie einen neuen Lover fand. Der Mann wohnte in der Nähe und besaß eine eigene Wohnung. Sibylle hatte inzwischen die mittlere Reife hinter sich gebracht, eine Lehre begonnen sowie ihr erstes verdientes Geld in der Tasche. Eines Nachmittags im Sommer setzte sie sich in ein Straßencafé. Die Sonne schien, und sie zog den Minirock ganz weit hoch, dass jeder, der vorbeiging, ihre prachtvollen Schenkel sehen konnte. Ein junger Mann bemerkte im Vorübergehen diese ungenierte Pose von Sibylle und sah in ihrer Körperhaltung eine Einladung. Er trat heran und setzte sich zu ihr: „Du gestattest?" „Na klar, die Gesellschaft eines freundlichen Mannes ist mir willkommen", schmierte sie ihm Honig ums Maul. Schnell kamen sie ins Gespräch und fanden heraus, dass beide gerade solo waren. Sibylles Rechnung schien aufzugehen.

Sie saßen über Eck, und der junge Mann konnte während der Unterhaltung den Blick nicht von ihren Brüsten und Beinen lassen. Sie registrierte das zufrieden und fragte: „Du hast wohl schon lange keine Frau mehr so direkt aus nächster Nähe angeschaut?" „Ja. so ist es", lautete seine etwas verlegene Antwort. „Kein Problem, das freut mich, wenn ich dir gefalle", sagte Sibylle. „Ja, das stimmt. Nur hier vor allen Leuten kann ich es dir leider nicht so deutlich sagen. Und überhaupt..." Mit seinem Geständnis rannte er offene Türen bei Sibylle ein. „Ein Date bei mir zu Hause ist etwas schwierig, ich wohne noch bei den Eltern", sagte sie bedauernd und schaute ihn an. „Aber wie ist es denn mit dir?" Er konnte sie beruhigten. „Ich habe eine Wohnung hier in der Prinzenstraße." „Okay, reden wir dort weiter", sagte die gewiefte Sibylle, was ihr schnell einen erstaunten und gleichzeitig erfreuten Blick aus seinen braunen Augen bescherte.

Seine Wohnung war ein Atelier mit großen und kleinen Bildern an den Wänden. „Diese auf der Fensterseite habe ich in letzter Zeit gemalt." „Du bist Maler, das ist ja toll", staunte Sibylle. Sie blickte ihn schwärmerisch an, drehte sich um und blieb vor einem Frauenakt in Öl stehen. „War sie deine Muse?" „Ja, so ungefähr. Aber die Frau ist leider weggezogen, und jetzt fehlt mir jegliche Inspiration." Sibylle überlegte kurz. „Vielleicht kann ich dir nun helfen und Modell stehen." Der Maler war überrascht. „Würdest du das tun?" „Ja klar, prüde bin ich nicht." Er holte seine Staffelei von nebenan, und sie zog in dieser Zeit ihre Sachen aus. Als er sich umdrehte, blieb er wie angewurzelt stehen. „Du bist eine Venus, mit einem Körper, der ja geradezu nach Liebe schreit." „Schön, dass du das so siehst", sagte Sybille und kreiste mit den Hüften. „Dann komm doch einfach her, wenn du ihn spüren möchtest. Er gehört jetzt dir."

Der Maler ließ den Pinsel fallen und trat näher. Endlich konnte auch er sich wieder um seine körperlichen Bedürfnisse kümmern. In diesem Augenblick war wohl erst einmal sein Pinsel aus Fleisch und Blut gefragt. Schnell zog auch er sich aus und berührte Sibylle mit zarter Hand an ihrer heißesten Stelle. „Lass mich doch lieber die Regie übernehmen, du wirst es nicht bereuen", sagte sie. Der Maler stutzte, weil er so etwas auf seinem eigenen Territorium nicht gewöhnt war. Aber neugierig geworden, ließ er sie gewähren und hörte sich ihre Vorschläge an: „Erst ein paar Stöße von dir im Stehen, dann treiben wir es auf dem glatten Fußboden weiter", erklärte Sibylle. Wenig später legten sie sich tatsächlich auf die kühlen Fliesen, was an diesem Sommertag sehr angenehm war, denn warme Luft strömte von draußen herein. „Ich blase dir einen, das macht mich richtig scharf", sagte sie nun. „Du darfst nur nicht zu früh abspritzen." „Okay, aber nicht zu lange, sonst komme ich", gab er zu bedenken. Sibylle nahm das dicke Rohr in ihren sperma-durstigen Mund, und sie hörte erst im letzten Moment mit dem Lutschen auf. Die Frau genoss ihre Macht über den erregten Mann, der seine Lust längst nicht mehr steuern konnte. In dieser Situation regierte sie und niemand anders.

Als sein Lümmel zu ejakulieren drohte, befahl sie: „Spritz mich voll!" Schnell rammte er seinen Liebesknochen in ihre nasse, muskulöse Vulva, die Sibylle mit gekonnten Bewegungen in kurze heftige Schwingungen versetzte. Keine Frage, sie war wirklich eine talentierte Liebhaberin, die jeden Mann wild und wehrlos zugleich machen konnte. Es dauerte jetzt nur noch Sekunden, bis das nackte, transpirierende Paar am Ende des hemmungslosen Treibens auf dem inzwischen nassen Fußboden einen Mega-Orgasmus erlebte. Durchs Fenster konnte jeder das laute Geräusch der Erlösung bis hin zur anderen Straßenseite hören. Die beiden Liebenden hatten es sich an diesem heißen Sommertag so richtig gegeben. „Die Sünde ist ein Kind mit runder Brust", sagte einmal der persische Dichter Hafis. Er hat wohl recht. Schön und schamlos zu sein, das schließt sich nicht aus.

Auf jeden Fall ging diese skurrile Geschichte der Lebensfreude und Anarchie noch etwas weiter. In der einbrechenden Nacht revanchierte sich die kurvige Sibylle bei dem Maler, den sie gerade vernascht hatte, und stand ihm noch Modell. Ihre Rubensfigur war wie von Künstlerhand geformt, und sie verlangte danach, verewigt zu werden. Schlüpfrigkeit und Aktmalerei fanden jetzt auf wundersame Weise zusammen. Am Ende wurde es ein Ölgemälde, das im darauffolgenden Jahr bei einer großen Auktion in der besten Galerie der Stadt einen Höchstpreis erzielte.

Lorena rettet die Welt

Als ich zu meinen Freunden kam, stieg Lorena gerade aus dem Pool der Familie. Das Bild des Mädchens verzauberte mich. Sie war jetzt ein Jahr älter und plötzlich kein Kind mehr. Wenn so ein zartes Geschöpf aus dem Wasser steigt und die Tropfen abschüttelt, dann bietet sich ein Bild von grenzenloser Anmut: die nassen Haare, die schlanke Gestalt, ein geschmeidiger Gang, große Bernsteinaugen, der lockende Mund. Im Sommer davor war Lorena noch Kind gewesen. Wenige Monate später leuchtete sie, stand plötzlich an der Schwelle zur Frau. Lorena sah kurz herüber zu mir, und es traf mich ein greller Blitz, der direkt aus dem Himmel kam. Ich atmete tief. Das Mädchen wusste ganz genau, was es tat. Zur Begrüßung bekam ich einen flüchtigen Kuss von ihr auf die Wange, doch er war mehr als das, ein Signal. Lorenas weiche, noch feuchte Lippen versengten meine Haut. Ich war verloren.

Noch immer rannen kleine Wasserperlen von ihrem Körper herab, als sie sich unter dem roten Oleander neben mich setzte. Wir sprachen erst über ein paar belanglose Dinge, bis Lorena auf einmal beiläufig sagte: „Mein Vater hat uns von deinem neuen Ferienhaus erzählt. Sehr gern würde ich es mir mal ansehen." Ich zuckte leicht zusammen, denn ich hatte eine Vorahnung, wie die Geschichte ausgehen könnte. „Okay, komm doch morgen am Nachmittag, dann bin ich aus Valencia zurück", sagte ich mit belegter Zunge. Der einmalige Zauber, der von diesem sündhaft schönen Wesen ausging, machte mich sprachlos. Mehr brachte ich in dieser Sekunde nicht heraus. Ich war versteinert.

Seit dem Moment, wo Lorena wie Aphrodite aus dem Wasser gestiegen war, befand ich mich in einem Zustand höchster Erregung. Wie war es möglich, dass ein halbes Kind mir so plötzlich die Sinne rauben konnte? Ganz einfach: Dieses anmutige Mädchen mit dem Anblick einer wahren Märchenfee *war überhaupt kein Kind mehr!* Lorena wusste längst, was mich bewegt: Ich bin besessen von ihr. Alles an ihr finde ich schön. Wie sie geht und wie sie ihre zarten Schultern bewegt, wie sie lächelt, wie sie Luft holt. Lorena fühlt, dass ich sie besitzen möchte. Ja, sie spürt das genau, und ihr gefällt es. Sie möchte nun zur Frau werden, ausgerechnet durch mich. Was für ein Geschenk! Ich bekam ein kostbares Juwel, begegnete diesem überirdischen Wesen, auf das ich mein ganzes Leben gewartet hatte.

Am nächsten Tag klingelte sie zur vereinbarten Stunde an meiner Tür. Ich öffnete, und eine junge Göttin schwebte herein. Lorena war jetzt ganz in Weiß gekleidet, ein dezentes Parfüm umhüllte sie. Das war überhaupt nicht nötig, auch so roch sie wunderbar. Ein tiefer Blick von ihr, und wir zwei umarmten uns. Von diesem Augenblick an ging alles wie von selbst. Ich fragte Lorena, ob sie schon mit einem Mann geschlafen habe. „Nein, noch nie." Ihre Augen aber sagten: „Ich möchte mit dir diese Erfahrung machen." Wir gingen ins Haus, wobei sie sich ganz fest an meinen Körper drückte. Wie sehr mich schon diese Berührung erregte! Ich zeigte Lorena mein neues Buch und ging dann wieder hinaus auf die Veranda. Es war inzwischen derartig heiß geworden, dass ich einen kühleren Platz suchte. Im Schatten ließ ich mich in einen bequemen Korbsessel fallen.

Das Mädchen wollte jetzt auf meinen Schoß. Ich spürte die Wärme ihres Hinterteils. Es strahlte eindeutige starke Reize aus. Meine kurze Hose hatte schon bald eine Beule, die Lorena deutlich fühlen konnte. „Ich möchte ihn sehen", flüsterte sie. Mein Phallus zuckte und schnellte aus dem Stoff heraus. Lorena riss ihre Augen auf. „Er ist herrlich. Und so stark!" Ich ermunterte sie: „Nun gehört er dir. Magst du ihn küssen?" Ohne zu antworten, ging Lorena auf ihre Knie und nahm ihn sich vor, als sei er ein Eis am Stiel. Sie hatte das vorher noch nicht getan, aber lutschte daran mit unglaublich viel Gefühl und Hingabe, dass ich befürchtete, mein heißer Schwengel würde jetzt explodieren. Staunend sah Lorena dann, was ihr wundervoller warmer Mund da vollbracht hatte, und zufrieden erlebte sie meinen Samenerguss. Lorena schaute zu mir hoch und lächelte. „Fühlst du dich jetzt besser?" „Ganz großartig", sagte ich. Wir verabredeten uns für den nächsten Tag, und das Mädchen radelte nach Hause zurück. Als sie aufstieg, erkannte ich einen kleinen Triumph in ihrem Blick. Schon morgen würde mir Lorena ihre Schatzkammer öffnen. Ich sah ihr nach, und erfreute mich an diesem wunderbaren Bild, wie ihre seidigen Haare im Wind flatterten.

Die halbe Nacht ging sie mir nicht aus dem Kopf. Lorena hatte sich weit vorgewagt und mich mit ihrer Natürlichkeit und ihrem jugendlichen Eifer bezaubert. Ihr feiner Duft füllte noch lange das Zimmer „Die Schönheit rettet die Welt", sagt Dostojewski. Ja, auch einen verrückten Mann wie mich. Eine Woche lang führte ich sie in die Kunst der Liebe ein und weckte alle ihre Sinne. Lorena lernte schnell, nahm mich in sich auf und gab mir alles, was sie besaß. Immer wieder ließ sie mich am Nachmittag ihren wundervollen Körper genießen, streicheln, riechen, schmecken und auch verwöhnen. In der Folge kam es oft zu kleinen Erdbeben in Lorenas Schoß. Auch mir kam es dann gewaltig. Wir wurden eine Person. Die Saat der Liebe, die ich säen durfte, war aufgegangen.

Solche intensiven Momente des vollkommenen Glücks hatten wir zwei noch nicht erlebt. Nur die Lichtstrahlen, die spärlich durch die Jalousien des Fensters in mein Ferienhaus drangen, waren Zeugen unserer endlosen Umarmungen. Lorena wurde zu einer perfekten Geliebten, die jetzt um ihre Bestimmung wusste. Wie eine Blüte unter der Sonne hatte sie sich geöffnet. In ihren Augen war jetzt das heilige Leuchten einer liebenden Frau. Wir hatten uns gefunden, weil wir wussten, dass wir zwei füreinander bestimmt waren. Von Anfang an war uns das klar. Ja, es war unsere Bestimmung, und wir lebten alles bis zur Neige aus. War es Verzückung oder gar Wahnsinn? So wild müssen wohl früher Urvölker geliebt haben, voller Hingabe, ohne an ein Morgen zu denken. Jeder war tief im anderen drin, außerhalb von uns gab es nichts. Der Himmel hatte uns ein einmaliges Geschenk bereitet. Wir erfuhren die Liebe und verstanden damit den Sinn des Lebens. Das Glück mussten wir jetzt nicht mehr suchen, der Weg dorthin war es.

Lorena ist in allen Spanierinnen: zugetan, schön, hemmungslos, zur grenzenlosen Liebe geboren. Schmerzhaft wurde mir klar, dass ich meine Göttin nach den großen Ferien wieder verlieren würde. Weil Liebe niemals ohne Trauer ist. Doch die Erinnerungen an alle magischen Momente unseres Erlebens konnte uns niemand nehmen. Beim Abschied umarmte ich Lorena und sagte: „Liebste, deine Schönheit tut so gut. Noch sehr viele Männer werden sich dir zu Füßen werfen, deinen Reizen erliegen und den großen Wunsch haben, dir ihre ganze Liebe schenken zu dürfen. Auch dann, wenn ich längst nicht mehr bin."

Geist ist geil

Sind Frauen auf der Suche nach einem Partner, dann erstellen sie oft eine längere Wunschliste. Der Auserwählte muss nicht nur gut aussehen, er sollte auch in der Gesellschaft etwas darstellen. Sein Bankkonto darf selbstverständlich immer sehr gut gefüllt sein. Nichts einzuwenden wäre darüber hinaus gegen den Besitz eines schönen Ferienhauses am blauen Meer. Doch das ist nicht unbedingt nötig, räumen sie manchmal gnädig ein, man könnte ja dorthin auch als Tourist in Urlaub fahren. Und noch ein Aspekt ist vielen Damen äußerst wichtig, die Körpergröße des Mannes. Da das schöne Geschlecht in aller Regel so gern zu einem Partner aufblickt, sollte dieser nach gängiger Vorstellung mindestens 1.80 m groß sein. Mein Schulfreund Richard hatte nun das Pech, ein paar Zentimeterchen darunter zu liegen. Was tun? Zum Glück konnte er sich auf andere Qualitäten berufen.

Christiane gehörte zu den Frauen, die sich einen Mann mit Gardemaß wünschten. Als Richard ihr im Internet begegnete, ließ sie ihn freundlich wissen, dass ihm drei Zentimeter zum Glück fehlen. Er musste schmunzeln und schrieb ihr artig, was ihn sonst noch ausmacht. Neugierig las Christiane: „Auch ein kleinerer Mann kann eine Frau glücklich machen. Was mir an Körpergröße fehlt, macht mein Kreativ-Kopf wett. Ich arbeite in den Medien, ich bin Buchautor, und in meiner Freizeit male ich. Immer, wenn ich in eine Frau verliebt bin, schreibe ich ihr auch Gedichte."

Christiane war von diesen Worten beeindruckt. Am nächsten Tag antwortete sie und vertraute Richard auch ihre Telefonnummer an. In einem langen Gespräch stellten beide sehr schnell fest, dass sie ähnliche Antennen hatten und in den meisten Fragen des Lebens übereinstimmende Auffassungen. Am Tag vor Ostern fuhr Christiane kurz entschlossen zu ihm. „Willkommen in der Höhle des Löwen", sagte Richard und schloss sie in seine Arme. Dann gab er ihr einen Kuss auf die Stirn. Christiane leistete keinerlei Gegenwehr, darum erhielten auch ihre Wangen und die Nase hauchzarte Küsse. Sie befreite sich aus Richards Umarmung, hielt sich aber weiter an ihm fest, um ihre roten Pumps auszuziehen. Richard half ihr dabei und war auf einmal größer als sie!

„Huch", rief die überraschte Christiane, denn in seiner Wohnung gab es eine Fußbodenheizung. Diese strahlte wohlige Wärme aus, so dass die Frau ohne Schuhe auskam. Beide sprachen von jetzt an nur noch auf Augenhöhe miteinander, was Richard ein feines Lächeln entlockte. Dann bereitete er für Christiane einen Tee und hielt dabei ihre Hand. Sie gingen zum Tisch, und auch dabei ließ Richard sie nicht los. Sanft streichelte er seine schöne Besucherin noch immer, auch als sie sich hinsetzten. Seine Erwartung war klar, er wollte sie als Geliebte. Ihre Erwartung war noch anders. Sie wollte ihn als Gesprächspartner und geistigen Anreger. Die Kunst bestand jetzt darin, beide Interessen zu vereinen. „Komm mit, wir machen uns einen schönen Tag", sagte Richard nach dem Tee, und er dirigierte seine gespannte Besucherin zu einer großen weißen Couch. Dort las er ihr ein paar romantische Verse aus seinem neuen Gedichtband vor. Eine Hand legte Richard dabei um Christiane, in der anderen Hand hielt er das schmale Buch. Er sah in ihre tiefgrünen Augen und sagte: „Du bist schön." Sie korrigierte ihn: „Ich war mal schön." Richard ließ das nicht gelten. Er streichelte sie und las weiter.

Als er ihr sein schönstes Gedicht vorgetragen hatte, wurde ihr Herz weich. Jetzt konnte sie dem Zauber seiner Poesie nicht länger widerstehen, zumal er ihr ins Ohr flüsterte: „Für mich gehören Körper und Geist von Mann und Frau immer zusammen". Sie war entzückt und schenkte ihm wenig später an Ort und Stelle ihre Gunst. Auf der edlen Ledercouch wollte Christiane ihren Augen nicht trauen. Ein Körperteil von Richard war besonders groß und schön. Beide freuten sich am Ende über die Fügung des Augenblicks, der sie an diesem Tag im Frühling unerwartet vereint hatte. Wie wir bereits an anderer Stelle feststellen konnten, ist das Leben einfach schön, wenn man es lässt.

Wilder Kopf

Bei einer Auktion ersteigerte Martin ein teures Aktgemälde. Nachdem er den Zuschlag erhalten hatte, erntete er bewundernde Blicke, besonders von Frauen und Mädchen. Eine junge Besucherin im kleinen Schwarzen sprach ihn an und fragte: „Als Kunstmäzen muss man doch sehr viel Sachverstand besitzen. Wo haben Sie ihn denn her?" Martin sagte: „Durch mein Studium, durch die jahrelange Beschäftigung mit der Materie sowie durch Inspiration." „Wer oder was hat Sie denn angeregt?", forschte das Mädchen weiter. „Die Kunstwerke sprechen heute zu mir", erwiderte er. „Wenn man in diesem Metier tätig ist, braucht man als Experte immer auch Personen, die einen inspirieren können. Was die Aktmalerei angeht, sind selbstverständlich Frauen am besten dazu geeignet. „Aber sicher nicht alle", warf die junge Frau ein. „Das stimmt", sagte Martin und fuhr fort: „In jeder Gesellschaft gibt es zwei Arten von Frauen: die farblosen und die interessanten. Die zweite von ihnen inspiriert mich besonders. Das Gespür dafür, wer zu welcher Art gehört, habe ich schon früh entwickelt."

Nach diesem Vortrag von Martin schenkte ihm das schöne Geschöpf ein unglaubliches Lächeln. Sie schien mit seiner Antwort zufrieden zu sein, nicht jedoch mit der Tatsache, dass er sich zum Gehen wandte, um noch mit anderen Gästen der

Auktion zu reden. „Entschuldigen Sie bitte, nur einen Augenblick", ließ sie nicht locker. „Ich bin eine Kunststudentin und daher sehr interessiert. Darf ich Sie einmal in Ihrer Galerie besuchen?" „Na schön", willigte Martin am Ende ein. Er gab der hartnäckigen Person seine Visitenkarte mit der Adresse, um sie loszuwerden, denn die Frau wurde langsam lästig. Eine Stunde später fuhr er nach Hause, feierte mit Freunden bis in die Nacht den schönen Kauf und vergaß die ganze Sache.

Zwei Tage später kam sie und stand mit nassen Haaren vor ihm. Martin schaute nach draußen, wo der Regen an die Fensterscheiben klopfte. „Komm herein! Ich habe keinen Fön hier, aber ein Handtuch." Er reichte es der Studentin, die sich nun ihren schönen Kopf trocken rubbelte. „Bleib so!", sagte Martin auf einmal. Mit einer zärtlichen Handbewegung strich er ihr über das Haar und sagte dann: „Das ist es!" „Was?", fragte die überraschte Frau. „Dein Kopf mit den wilden dunklen Haaren ist d a s Motiv für ein Foto." Er holte seine teure Leica und schoss damit einige Aufnahmen aus verschiedenen Winkeln. „Heb die Hände! Noch höher! Halt die Haare oben auf der linken Kopfseite fest! Sehr gut so!" Martins Anweisungen erfolgten präzise wie bei einem Starfotografen. „Du hast wirklich das Zeug zum Fotomodell. Ich werde dir die Tür dazu öffnen. Dein Studium kannst du auch später beenden."

Ode an den Po

Geht eine Frau auf der Straße vor mir, fällt mein Blick oft spontan auf ihre Hinterbacken. Bertolt Brecht schrieb: „Ach, du ahnst nicht, was ich leide, seh ich eine schöne Frau, die den Steiß in gelber Seide schwenkt im Abendhimmelblau." Sehr eindrucksvoll, und man fragt sich wieder einmal: Warum wackeln Frauen denn mit dem Hinterteil? Ganz einfach: Wir haben es hier mit einer Großmacht im Reich der Sinne zu tun. Ein schöner Po zieht Männerblicke magisch an. Auch die Kunstgeschichte der Welt ist voller nackter Apfelbäckchen. Zahlreiche Maler und Bildhauer übertrafen einander dabei, den schönen Speck ungezwungen darzustellen. Kein entblößtes Körperteil wird, mit Ausnahme des Busens, so gern mit Stielaugen betrachtet.

Schwingt eine Frau im Bikini ihre Hinterbacken, spricht ihr Körper mehr als alles andere. Sie weiß genau: Mein Po ist ein mächtiger erotischer Stimulus. Seine entsprechende Wirkung ist inzwischen auch wissenschaftlich erwiesen, behaupten die Gelehrten. Danach soll der Homo sapiens die einzige Spezies im Tierreich mit kurvigen Weibchen sein. Das habe ich kürzlich gelesen. Ob es stimmt, weiß ich nicht, aber der Gedanke ist mir sympathisch, dass wir es hier mit einer Ausnahmestellung zu tun haben. Mit den Pobacken spielt die Frau ihre Reize aus, und als gradlinige Folge entsteht fast automatisch Lüsternheit. Es funktioniert hin und wieder auch bei mir.

Weibliche Rundungen sind auf jeden Fall immer anziehend und wirkungsvoll. Die Natur hat es so eingerichtet. Mode, Werbung und Filmindustrie haben die aparten Halbkugeln der Frau längst für sich entdeckt und nutzen sie hemmungslos. Entsprechende Bilder flimmern täglich live und in Farbe vor unseren Augen. Ein weltbekanntes Beispiel für den Kult mit dem Gesäß ist die Popsängerin und Schauspielerin Jennifer Lopez, die nur allzu gern auf ihre vollendete Rückseite reduziert wird. Es ist kein Gerücht, dass sie ihr pralles Hinterteil hoch versichert hat, und zwar mit einer stolzen Summe in Millionenhöhe. Ihr Kollege George Clooney soll gelästert haben, er habe „beinahe mal ein Glas darauf abgestellt." Unabhängig überprüfen lässt sich das nicht.

Hautenge Hosen oder Leggings gehören heute zum Alltag der modernen Frau. So werden die Männer zu Hause oder auf der Straße zusätzlich angestachelt, und das geschieht permanent. Wir erfreuen uns am Blick aufs schöne Gesäß des anderen Geschlechts. Dieser erfolgt ungeniert, denn Sanktionen drohen nicht. Die Frau mit dem bezaubernden Steiß in der Form eines Apfels oder einer Birne hat hinten zum Glück keine Augen. Aber eine ihrer Liebesgewohnheiten ist und bleibt laut Brecht dieses kleine Zucken mit dem Hintern. Eben deshalb folgen ihnen immer wieder die ungenierten, begehrlichen Blicke der Männer. Die Frauen wissen, dass sie uns damit betören und schaukeln immer weiter mit ihrem Allerwertesten. Etwas anders sieht es hingegen mit unserem Gesäß aus. Es soll nach dem Willen der Frauen möglichst muskulös und knackig sein. Uns Männern folgen jedoch nicht so viele Augen. Wohl auch deshalb, weil wir auf der Straße weniger mit dem Hintern herumwackeln.

Le petite mort

In der Liebe geht es manchmal auch um Leben und Tod, nicht nur bei William Shakespeare. Beide Geschlechter laufen bisweilen Gefahr, zu Mördern zu werden. Frauen können einen Mann in der Partnerschaft auf zwei verschiedene Arten umbringen: Sie tragen dazu bei, dass er beim Liebesakt einen Herzinfarkt bekommt, oder sie verlassen ihn und brechen ihm auf diese Weise das Herz. Beides passiert täglich; zum Glück ist mir das Erstere bislang erspart geblieben. Ich wünsche das auch keinem anderen Mann, es sei denn, er hat den Wunsch, beim Kopulieren zu sterben. Ja, Liebe kann zerstörerisch schön sein.

Auf die Frauen lauert mitunter eine ganz andere „Gefahr", doch diese ist etwas angenehmer. Sie hängt damit zusammen, dass sie den Orgasmus meist heftiger erleben als wir Männer. Wird er übermächtig, können manche Frauen tatsächlich für eine kurze Zeit das Bewusstsein verlieren. In Frankreich nennt man diesen starken Orgasmus „Le petite mort", den kleinen Tod. Es muss ein einmaliges Gefühl sein, aber vielleicht auch ein bisschen erschreckend. Durch die sehr große Intensität des Orgasmus fühlen sich die Frauen für einige Sekunden wie betäubt. Die Zeit bleibt stehen und läuft erst weiter, wenn sie wieder aus ihrem Dämmerzustand erwachen. Wie schön für die Frauen, wenn sich ihre Erregung so sehr steigern kann, dass sie für einen besonderen Augenblick in einer anderen Welt sind.

Mit einer Bekannten aus dem Berliner Umland pflegte ich eine sogenannte „Freundschaft plus". Maja besuchte mich hin und wieder, wenn sie in die Stadt kam. Äußerlich war sie eine eher unscheinbare Frau, nach der sich die Männer auf der Straße nicht umsahen. Maja lief meistens schnell, ohne beim Gehen mit dem Hintern zu wippen. In ihrem Schoß aber hatte sie diese unerwartete Hitze verborgen, wie sie nicht bei jeder Liebenden zu finden ist. Lagen wir zwei in den Kissen, schloss Maja die hellblauen Augen und streckte ihren kurvigen Körper. Sie freute sich auf den Genuss, der uns beiden bevorstand, und signalisierte: „Ich bin nun bereit, dich zu empfangen, feucht und voller Erwartung." Maja brauchte ein langes Vorspiel und bewegte sich anfangs ganz ruhig. War sie aber erst auf Touren gekommen, dann hielt sie nichts mehr auf.

Die erregte Frau genoss die sexuelle Erfüllung in vollen Zügen. Frivole Worte brauchte sie dabei nicht. Denn Majas Körper war in diesem Moment ausschweifend genug. Mit jeder Bewegung von mir in ihrem hungrigen Schoß wurde seine Kraft größer. Und einmal ist sie, wie oben geschildert, übermächtig gekommen und wurde vom petite mort erfasst. Es war ein heißer Julitag, an dem wir uns bei mir zum Liebesspiel trafen. Als sich ihr Orgasmus anbahnte, bäumte sich Maja über mir auf. Sie erhöhte sie den Druck ihres Beckens, um meinen Schwengel noch kräftiger zu melken. In zunehmender Ekstase gab sie immer stärkere Laute von sich, die ihre unsagbare Erregung ausdrückten. Ich hatte in diesem Augenblick wohl ihren empfindlichsten Punkt besonders gut getroffen. Somit wurde dieses reine, ganz tiefe Empfinden in ihr nicht nur freigesetzt, sondern noch verstärkt. Eine große Welle der Erlösung ergoss sich jetzt mit ungeheurer Macht über die entrückte Frau und sie verlor die Besinnung. Das überraschte mich sehr, denn ich hatte es überhaupt nicht gewollt. Langsam sank Maja neben mir auf das Bett und rührte sich nicht mehr. Ich erschrak etwas und rüttelte sie. Erst nach einigen bangen Sekunden kam Maja zu sich und fragte: „Wo bin ich denn?" Ich beruhigte sie mit den Worten „Alles ist gut."

Langsam löste sich ihre Spannung, und ich war erstaunt, einer Bettgefährtin einmal im Leben, ohne es zu wollen, beim Lieben das Bewusstsein geraubt zu haben. Es ist ein selten tiefes Erlebnis, wenn eine erregte Frau sich so in den Liebesakt hineinsteigern kann, dass sie am Ende völlig die Orientierung verliert. Das ist keine alltägliche Erfahrung, doch in besonderen, ganz intensiven Momenten der Wollust kann so etwas schon passieren. Ich hätte aber nicht gedacht, es einmal mitzuerleben.

Carlas Segen

Ein Kammerspiel auf der Insel Sizilien, in dem ein Freund vor Jahren mitwirkte, soll hier nicht fehlen. Stellen Sie sich einen Garten vor, in dem zwei heißblütige Frauen liegen und die Sonne genießen. Ringsherum stehen Zitronenbäume, und ein Swimmingpool lädt zur Abkühlung ein. Darüber wölbt sich ein azurblauer wolkenloser Himmel. Die beiden Granaten sind Mutter und Tochter. Hinzu kommt als dritte Person Heinz, ein Feriengast aus Berlin, der diese idyllische Szenerie ergänzt. In der Nacht davor hatte ihn ein intensiver Traum verfolgt.

Jeder von uns erlebt zuweilen erotische Träume. So einen hatte Heinz in einer der ersten heißen Urlaubsnächte auf Sizilien. Nach dem Aufwachen musste er sich erst einmal sammeln, ehe ihm klar war, wieder in der Realität zu sein. Aber warum sollte dieser Traum nicht Wirklichkeit werden? Die Erträumte hieß Sophia, war süße 20 Jahre alt und die Tochter der Pensionswirtin. Täglich lag sie mit ihrer lieben Mutter Carla am Schwimmbecken und genoss die Semesterferien. Beide Frauen sahen sich im Gesicht sehr ähnlich, doch in ihrem Körperbau waren sie mittlerweile verschieden. Die sehr schlanke Sophia hatte eine Modelfigur, ihre Mutter aber inzwischen üppige Formen angenommen. Vor einiger Zeit war Carla von ihrem Ehemann verlassen worden, der sie nicht mehr begehrte. Sie versank danach aber nicht in große Trauer. Im Gegenteil, sie nutzte jede Gelegenheit zum Anbandeln, wenn sich ein Mann ihrem Domizil nur näherte. Carla verfügte noch immer über einen feuchten Schoß. Ein Kerl verdiente allemal den Vorzug vor ihrem Dildo.

In der ersten Urlaubswoche hatte Heinz sich mit den beiden Sizilianerinnen angefreundet, wobei Carla vorwiegend die Ansprechpartnerin war. Man unterhielt sich, trank etwas und kam sich näher. Heinz aber wollte nur die liebliche Sophia, die ihm im Traum erschienen war. Sie war ein schönes Wesen mit honigfarbenen Augen, die leuchtend auf ihrem Gesicht lagen. Sophias Haut war glatt und weich, einfach das Zarteste, was er seit Jahren berührt hatte. Das passierte einige Male, wenn er im Swimmingpool von ihrem wunderbaren Körper, ob mit oder ohne Absicht, gestreift wurde. Doch diese kurzen Kontakte genügten, um beim entflammten Heinz heiße Erregungswellen zu erzeugen. Er wünschte sich daher sehnlichst, Sophia noch näherzukommen.

Carla beobachtete die zwei vom Beckenrand aus durch ihre Sonnenbrille, und wusste natürlich, wie Heinz gestimmt war. Als reife Frau erkannte sie mit geschultem Blick sein heftiges Verlangen. Eines Tages, als Sophia sich mit ihren Freunden von der Universität traf, winkte Carla ihn heran. „Du musst wissen, dass bei uns auf Sizilien der Weg zu einer Tochter immer über ihre Mutter führt. Lass dir also etwas einfallen, und ich stehe dir und Sophia nicht im Weg."

Nach dieser deutlichen Ansage der ungenierten Frau musste der entgeisterte Heinz erst einmal schlucken. Alles hing in diesem Moment in der Schwebe. Erst die Mutter, dann die Tochter, so lautete das eindeutige Angebot. „Na okay", ging Heinz auf die Komödie ein. „Du gefällst mir sehr. Seit Tagen träume ich davon, dich zu besitzen." Carla war nun geschmeichelt und zufrieden.

Da die Luft rein war, führte sie ihn in ihr Haus. Nach einem Gin Tonic dirigierte Carla Heinz ins Schlafzimmer. „Komm mit! Ich habe doch noch keinen Ischias." In dem runden Bett wollte Carla nach oben, also ließ er es zu. Sie warf sich nun mit vollem Körpergewicht auf ihn und bewegte sich erstaunlich schnell und mit ungebremstem Verlangen. Carlas Brüste waren riesengroß, so dass sie bei dem kurzen Liebesakt hart an sein Gesicht schlugen. Weil Sophias Mutter aber noch immer eine naturgeile Frau war, kam sie recht schnell, und er war schon nach wenigen Minuten erlöst. Die beglückte Carla gab Heinz jetzt ihren Segen. Der Weg zu Sophia war damit frei. Am Tag darauf fanden die beiden jungen Leute schnell zueinander. Viva amore!

Bargeflüster

Es gibt Geschichten, die jeden Tag in jedem Land der Erde tausendfach vorkommen. Eine solche erlebte mein Kollege Max einmal in Barcelona. An einem Abend im September nippte er in der Hotelbar an seinem Vino tinto und sah aufs Meer. Draußen senkte sich schon die Dämmerung über die Küste, und er genoss den schönen Anblick der untergehenden Sonne. Seit einer Stunde war die internationale Konferenz zu Ende, morgen sollte es zurück nach Hamburg gehen. Max hatte sein Glas beinahe leer getrunken, als eine Frau mittleren Alters neben ihm Platz nahm. Sie war ihm in den Tagen zuvor schon aufgefallen, weil sie ihn während der Beratungen mehrfach ganz offen gemustert hatte. Es geschah unverhohlen und eindringlich. Warum, war Max jedoch nicht ganz klar. Er hatte einen Vortrag gehalten, der sehr gut ankam, okay. Oder gab es vielleicht noch einen anderen Grund für das Interesse der Frau?

Auf jeden Fall war es unterhaltsam, dies herauszufinden. „Buenos noches, Kollegin, was möchten Sie trinken?", fragte er die Frau höflicherweise. „Ein Glas Vino blanco bitte", sagte sie mit sanftem Blick. Max bestellte und fragte, was ihm denn die Ehre ihrer Gesellschaft verschaffe. Sie schaute ihn an und sagte: „Wie Sie sicher schon bemerkt haben, sind Sie mir nicht gleichgültig. Zum einen fand ich Ihren gestrigen Vortrag sehr interessant, zum anderen sind Sie einfach ein attraktiver Mann." „Vielen Dank für die Blumen", erwiderte Max, und er betrachtete seine blonde Nachbarin einmal genauer. Sie war Engländerin, nicht mehr ganz taufrisch, aber auch noch nicht verblüht. Die Frau hatte ausdrucksvolle Augen, üppige Formen, und sie trug einen Ehering. Das graue Kostüm saß perfekt, der Rock spannte sich auf dem ledernen Barhocker straff über ihrem festen Gesäß.

Ob ihr lieber Gatte etwas dagegen hätte, wenn er wüsste, dass seine bessere Hälfte einige tausend Kilometer weiter des Abends in einer Hotelbar einen anderen Mann anbaggert? Diese Frage stellte Max der Frau aber nicht, sondern ließ sie weiterreden. „Wissen Sie was, ich bin jetzt über zwanzig Jahre verheiratet, und die Gefühle zu meinem Ehemann sind mittlerweile ziemlich abgekühlt. Wir leben heute im Grunde nur noch nebeneinander her. Geht es Ihnen vielleicht so ähnlich?" „Nein, dieses Problem gibt es bei mir nicht, denn ich habe mich niemals auf eine Ehe eingelassen."

„Warum denn nicht?" „Es hat sich nicht ergeben, und ich habe deshalb vielleicht ein paar Sorgen weniger. Die Ehe kann auch Freiheitsberaubung sein." Max zitierte dann den bemerkenswerten Satz des großen Oscar Wilde: „Der Zauber der Ehe besteht lediglich darin, ein aus Täuschungen bestehendes Leben gleichmäßig auf beide Seiten zu verteilen." „Was mich betrifft, so wollte ich mich da nicht täuschen lassen und niemanden enttäuschen", fügte er noch erklärend hinzu.

Das Zitat von Wilde hatte gesessen und verfehlte seine Wirkung nicht. Die Frau sah ihn mit ihren großen Augen bewundernd und schmachtend an. Sie behielt ihren Schlafzimmerblick bei und sagte leise: „Wie gern würde ich ausbrechen und mich einem Mann schenken, der die Lust mit mir zu genießen weiß." Max schaute die Frau an und erwiderte belustigt: „Aha, dann bin ich also der Auserwählte, der Ihrem Mann Hörner aufsetzen soll?" Auf diesen spöttischen, nicht besonders galanten Einwurf reagierte Lady Chatterley nicht und hauchte stattdessen: „Wir haben noch eine ganze Nacht. Diese sollten wir beide uns einfach schenken."

Mit der netten, offenherzigen Einladung konnte sie am Ende zu Max vordringen, und er ging auf ihr Angebot ein. Ja, es stimmt: Manche Frauen sind gemacht wie der Mond für eine Nacht. Zu seiner großen Überraschung enttäuschte ihn die liebeshungrige Dame nicht. Max war erstaunt, wie viel sie einem Mann zu geben hatte, denn der Aufenthalt zwischen ihren beiden Lenden war nachhaltig. Sie konnte gar nicht genug von ihm, dem fremden Mann, bekommen. Diese Stunden im Schoß der lustvollen Frau gehörten für Max sicher zu den Highlights seines Berufslebens.

Stilles Wasser

Der Superbowl ist das Mega-Sportereignis in den USA. Auch dort werden häufig Partnerschaften angebahnt. Bruce Williams hatte Karten für das Finale ergattert, und sein Sohn Mike fuhr mit ihm ins volle Stadion, nicht nur wegen der riesigen Spannung, die das Event versprach. Auch die tolle Show in der Pause mit aktuellen Weltstars interessierte ihn nicht in erster Linie. Mike, der gerade 19 Jahre alt war, hatte es vor allem auf die Cheerleader abgesehen. Bei dem Finale in Los Angeles traten besonders knackige Mädchen mit durchtrainierten Körpern auf, die einfach eine Augenweide und ein Magnet für Männer waren. Mike bekam Stielaugen, als sie in großen Scharen an seinem Tribünenplatz vorbeitanzten. Unter den superkurzen Röckchen dieser Mädchen war eine große Menge schöne Haut und Po zu sehen. „Schau doch mal, Daddy. manche Cheers haben einen so straffen Hintern, mit dem sie Walnüsse knacken könnten. Ich fass es nicht!"

„Ja, das bedeutet aber noch längst nicht, dass alle Trägerinnen ihren knackigen Po im Bett auch so zu schwenken wissen, um dir höchste Wonnen zu bereiten", gab Bruce dem noch jungen Sohn seine Erfahrungen weiter. Er wusste, wovon er sprach, denn vor vielen Jahren hatte er als junger Mann eine kurze Affäre mit einem Cheerleader-Girl. Nach der Aufführung ihrer Gruppe warf er damals einem dieser Mädchen seine Visitenkarte zu, worauf es zu ein paar Verabredungen mit der attraktiven Sportlerin kam. Doch die Nächte mit dem hübschen Kind waren für Bruce eher eine Enttäuschung. Das sehr sexy wirkende Mädchen konnte seinen wahrhaft olympischen Körper beim Liebesakt längst nicht so kunstvoll und perfekt in Schwingungen versetzen wie bei der Show im Stadion. „Eigentlich schade", dachte er seinerzeit, „mehr Feuer wäre schön gewesen."

Während des damaligen Finales hatte auf der Tribüne dicht neben Bruce ein sportbegeistertes Mädchen gesessen, das kaum beachtet wurde. Sie hieß Melanie, war nicht aufgedonnert, nicht einmal geschminkt und sah daher eher wie ein Mauerblümchen aus. Weil es viele Pausen gab, sprach Bruce öfter mit ihr. Dabei bemerkte er, dass sie sehr schöne Augen hatte und in ihrer Zartheit ein großer Reiz lag. Außerdem bekam Bruce bei den Unterhaltungen mit, dass Melanie ausgesprochen intelligent war. So bestaunte sie viel weniger die ruppigen Muskelprotze auf dem Rasen, sondern mehr die raffinierten Spielzüge der Quarterbacks. Das ist gar kein Aschenbrödel, dachte er erfreut und gab auch ihr noch während des Superbowl-Matchs seine Telefonnummer.

Weil die Liebesspiele mit dem Cheerleader-Girl eher zu einem Flop wurden, traf Bruce sich mit Melanie. In der Folgezeit war er total überrascht, wie bedingungslos sich dieses so zarte Wesen einem Mann schenken konnte. Sie war für die Liebe wie geschaffen und ein deutlicher Beweis dafür, dass stille Wasser tatsächlich besonders tief sein können. Melanies Zuneigung zu ihm war grenzenlos, sie brauchte beim Sex auch nicht mit ihrem Hintern zu wackeln, um Bruce wirklich glücklich zu machen. Sie trug die Leidenschaft bereits in sich und zeigte diese hingebungsvoll im Bett. Ihre große Lust bedeutete für Bruce Williams jedoch nicht alles. Ganz wichtig waren für ihn auch ihr Verstand, die Schnelligkeit ihrer Gedanken und ihre bemerkenswerte Empathie. Melanie wurde seine große Liebe, und die beiden heirateten im darauffolgenden Jahr. Aus dieser harmonischen Ehe entsprang ihr Sohn Mike.

Mit der offenen Wiedergabe seiner Superbowl-Erfahrungen wollte Bruce Williams den eigenen Sprössling wohl auch davor bewahren, mal die falsche Frau fürs Leben zu wählen. Der pfiffige Mike verstand die klare Botschaft seines Vaters: Po und Beine eines jungen Mädchens sowie ihr Augenaufschlag sind wunderbare Dinge und sehr schön anzusehen, machen aber nur einen Teil der Braut aus. Was noch weiter an und in ihr ist, was zu Beginn oft verborgen bleibt, das zählt vor allem. Auch ich lernte in meinem Leben, dass Frauen, die auf den ersten Blick sehr still und zerbrechlich wirken, als Liebende ganz oft eine ungeheure Kraft entfalten können.

Tapfere Frauen

Nun eine Liebeserklärung, die mir wichtig ist, auch wenn sie weniger mit Erotik zu tun hat. Die Geschichte begann in der Schule. Meine Lehrerin Frau Samtlebe war eine kleine Frau, aber hatte eine ganz erstaunliche Ausstrahlung. Mit ihrem stolzen Brustpaar stand sie aufrecht vor der Klasse und gab uns täglich gute Ratschläge fürs Leben. Ich erinnere mich an einen Tag in der 6. Klasse, an dem ich mich nach Auffassung der Lehrer wieder einmal danebenbenommen hatte. Es war zuvor in der Deutschstunde, die der Gatte von Frau Samtlebe, ein nicht so guter Pädagoge, abgehalten hatte. Was ist damals passiert?

Wir Kinder bekamen von unserer Mutter immer ein Pausenbrot in einer Papiertüte mit, denn Plastik war noch nicht angesagt. Da ich immer Knast hatte, war das Brot schon nach der ersten Schulstunde aufgegessen. Wenn es dann zur großen Pause klingelte, holte ich die leere Tüte aus dem Schulranzen, blies sie auf und schlug kräftig mit der Hand darauf, dass sie mit lautem Knall platzte. Die Mitschüler erschraken, doch diesen Spaß ließ ich mir einfach nicht nehmen.

An jenem Tag aber wurde mir die Freude durch den Deutschlehrer verdorben. „Komm nach vorn und bring dein Tagebuch mit!" Es gab dort den Eintrag über das neue ungebührliche Verhalten, den meine Mutter zur Kenntnis nehmen musste.

Diesmal lautete er: „Knallt im Unterricht mit einer Tüte!" Ich war empört und protestierte, weil es ja bereits zur Pause geklingelt hatte. Das half aber nichts, der unsensible Lehrer erklärte in scharfem Ton: „Wann die Stunde zu Ende ist, entscheide ich!" In jenem Schuljahr brachte ich es auf sage und schreibe 23 Einträge, das war Klassenrekord! Meine Mutter schlug mich nie, wenn so eine Beschwerde kam. Sie unterschrieb und blickte mich dabei nur traurig an, das wirkte viel mehr als Prügel.

Frau Samtlebe bekam die Geschichte natürlich mit und sagte in der nächsten Unterrichtsstunde zu mir: „Du solltest dich schämen, denn du hast eine so tapfere Mutter!" Ich verstand überhaupt nicht, was sie damit meinte. Für mich waren Männer wie Spartakus oder Tarzan tapfer, aber meine Mutter...? Heute weiß ich natürlich, was die Lehrerin mir sagen wollte: „Deine Mutter ist eine wahre Heldin. Sie zieht ganz allein euch drei Kinder groß, und du machst ihr Kummer."

Wie meine Mutter gibt es unzählige Heldinnen, die den Alltag des Lebens großartig meistern: in allen Heilberufen oder als Lehrerin, Verkäuferin, Köchin, Postbotin und treusorgende Mütter. Sie werden zu selten von uns gefeiert und verdienen viel mehr Liebe und Respekt. Für meine Mutter hätte ich in ihren letzten Jahren mehr Zeit haben müssen. Zu spät. Die Schuld bleibt groß.

Kulinarisches

Die Liebe geht bekanntlich durch den Magen. Deshalb gibt es ja auch sehr viele Bratkartoffel-Verhältnisse. Kann eine Frau gut kochen, hat sie bei mir sehr gute Karten. Wie andere Vertreter eines älteren Semesters surfte auch ich als Single für längere Zeit in Internetportals, wo man mit etwas Glück eine Partnerin oder einen Partner finden kann. Im weltweiten Netz tummeln sich auch alle weiblichen Altersgruppen, vom Backfisch bis zur reifen Dame. Gefiel mir eine Frau und der Kontakt war hergestellt, fragte ich sie beim ersten Telefonat auch immer nach ihren Kochkünsten. Wenn sie dann im Brustton der Überzeugung sagte, „Ja natürlich, ich bin eine Spitzenköchin", unterbreitete ich der Dame in aller Regel folgenden Vorschlag:

„Stell dir vor, ich besuche dich und bringe nicht nur Blumen, sondern auch einen guten Wein mit. Wir setzen uns an den Tisch, essen, trinken den Wein, reden über Gott und die Welt, und danach lieben wir beide uns." „Gleich beim ersten Mal?", fragten die meisten daraufhin verwundert. „Ja, warum denn nicht? Wo steht geschrieben, dass man das nicht darf. Wir haben nicht mehr alle Zeit der Welt." Meist gaben mir die Frauen dann recht. Sie hatten ja so wie ich nichts mehr zu verlieren. Im Übrigen können auch ältere Ladies sehr anziehend sein und eine erotische Wirkung haben. Ich erlebe es immer wieder mit Freude und begegne ihnen daher nicht nur mit Begierde, sondern auch mit stiller Hochachtung. Durch ihre Lebenserfahrung haben angejahrte Damen oft eine größere Ausstrahlung und mehr Charme als jüngere Frauen. Und sie machen einem den Besuch im doppelten Sinne schmackhaft: mit einem wunderbaren Gericht, das sehr oft ein Familienerbstück ist, und mit ihrer noch nicht abgekühlten Leidenschaft. Weil Essen bekanntlich die Erotik des Alters ist, gehört auch für mich beides untrennbar zusammen.

Ricarda aus dem Berliner Süden ist so eine Frau, eine Meisterin im Kochen und auch im Bügeln. Ich traf sie an einem Herbsttag, und obwohl wir zwei ganz verschiedene Persönlichkeiten und Charaktere sind, dauert unsere Liaison schon über sieben Jahre. Wie das möglich ist, dürften jetzt sicher manche Leser fragen. Es scheint zu stimmen, dass sich Gegensätze anziehen, auch im Bereich der Partnerschaft. Ein Luftpolster zwischen Ricarda und mir ist der beiderseitige Respekt. Und noch etwas ist uns sehr wichtig: räumliche und zeitliche Distanz. So etwas hält die Liebe frisch. Wir sehen uns nicht täglich, denn wir wohnen ja in getrennten Haushalten. Aber wir haben gleiche Fernsehgeräte sowie die gleiche Küchentechnik. Der Knaller ist eine neue Fritteuse. Essen gut - alles gut!

Epilog

Meine Beichte über Leben und Liebe ist zu Ende. Ich habe darin versucht, das Wesen der Frauen zu ergründen und die großen Freuden der Lust zu schildern, die ich mit ihnen erlebte. Wie Sie feststellen konnten, habe ich auch kein Blatt vor den Mund genommen. In meinem Leben lernte ich die sinnliche Liebe in ihren verschiedenen Facetten und in ihrer einmaligen Magie kennen. Aus Naivität wurde Wissen, und daher wollte ich diese Erkenntnisse sowie tiefen Erlebnisse von mir und von anderen Menschen mit Ihnen teilen. Vielleicht haben Sie sich in einigen Geschichten wiedergefunden.

Die Liebe zwischen Mann und Frau ist ein sehr starkes Band. Sie begleitet uns ein ganzes Leben lang und kann uns viel Kraft geben. Ohne diesen sehr wichtigen Treibstoff fehlt etwas in unserer Gefühlswelt. Wir brauchen die Liebe einfach als enge Begleiterin auf unserem Weg zum Glück. Das wollte ich hier zum Ausdruck bringen und alle Leserinnen und Leser ermutigen, Lust und Freude immer wieder aufs Neue zu suchen, so lange es möglich ist. Wir alle wissen doch, dass es kein Fundbüro für versäumte Gelegenheiten gibt.